たのしい日本語作文教室Ⅰ

文法総まとめ

改訂版（かいてい）

吉田妙子 編著

作文は上達する！

私の家族

吉田妙子

私のは、東京にあります。東京には、父と母が住んでいます。父は七十六才で、母は七十三才です。父はもう退職して、毎日鯉の世話をしたりテレビを見たりして、いつも新しいお酒があまり飲めません。母は専業主婦です。私は、顔が母に似ていて、性格が父に似ています。

私は、弟が二人います。二人とも結婚していて、別の家に住んでいます。私が三才の時、上の弟が生まれました。彼は泣き虫でした。今は三菱に勤めていて、子供が三人います。彼の長男は、将来パン職人になりたがっています。

私が小学校四年の時、下の弟が生まれたので、みんながかわいがりました。とてもかわいい赤ん坊だったので、子供が二人います。彼の子供は二人とも男の子なので、次は女の子を欲しがっています。

お正月には日本に帰ることができないので、電話で家族と話をします。日本のお正月は、新暦です。私は、お正月には日本に帰ります。楽しい雰囲気が伝わってきます。日本は、春の桜、秋の紅葉、冬の雪がきれいですが、秋は仕事

大新書局　印行

改版にあたって

　初版を出して五年目。出版するや否や、内容の不備な点ばかりが目につき、いつ利用者から間違いを指摘されるかとびくびくしていましたが、今回大新書局のご厚意で改版の運びになりました。この本をお使いの皆様と大新書局に、心から御礼申し上げます。また、今回索引を作るにあたって協力してくれた、政治大学日文科大学院の二人の院生に感謝します。

1. この本の構成と使い方

　　文法規則は理解し、一応の成績は取れてはいても、実際にそれを応用して過不足なく自己表現するというのは、意外に難しいものです。文法を復習しながら作文を書き、さらに書きながら文法を強化する、というのがこの本のねらいです。そのため、最初に作文のテーマ、後に誤用分析が載せてあります。

　　この本は、ⅠとⅡに分かれています。

　　Ⅰの方は、台湾の大学で初級文法をマスターし、本格的な作文を書いてみようという学生のために作ったものです。ですから、だいたい大学の２年生から３年生程度の学生が対象になっています。（むろん、学校によって課程が違うでしょうから、大学の２、３年生に限りません。）従って、例文も台湾の学生のなじみやすいものにしてあります。

　　第一部「身近な題材で気楽に書いてみよう」は、自分の体験を中心に自己表現するものです。ここでは、叙述的な文の学習が中心になります。各テーマごとに作文例とともに、作文に必要と思われる文型や文法を解説し、さらに文法練習や例文を作る課題が盛り込んであります。むろん、文法項目のすべてについて説明を網羅することはできませんでしたが、不足の分は「中国人学生の誤りやすい表現」（誤用分析）の部分で補ったつもりです。反対に、テンス・アスペクト、テ形の用法など、定着しにくいものは何回も出てきます。それらの項目は、回を重ねるごとに簡単な用法から複雑な用法へ、また中心的な用法から周辺的な用法へ、或いは観点を変えて、順に論じられています。

　　第二部「クイズ感覚で書いてみよう」は、しばしリラックスして、頭の体操の時間です。この部分は、作文を宿題にするのでなく教室内で書かせてもいいでしょう。

　　そしてⅡの方は、第三部「ちょっと硬いテーマに挑戦してみよう」として、

与えられたテーマについて、効果的に展開したり、自分の意見や批判を書く課題です。これは、大学の3年生から4年生くらいのレベルになるでしょう。ここでは、第一部、第二部で身につけた文法知識を応用して、文章の展開のし方（いわゆる談話型）を主に学習します。会話の時には聞き慣れない用語や言い回しも出てくるかもしれません。この部分は、具体的なあるテーマについて討論しながら書いていくのもよい方法だと思います。

なお、第三部はテーマが8つだけでは少し足りないとお思いかも知れませんが、ここでは文章の展開のタイプを8つに分けたものですから、他のテーマにもいくらでも応用ができるものです。例えばテーマ17「身近な出来事を批判する」では、「自然破壊」「教育問題」など、教師がいくらでもテーマを変えてバリエーションを与えることができるものです。各テーマの後にある「応用課題」を利用してもいいでしょう。

以上の20のテーマは、一応やさしいものから難しいものへ、具体的な題材から抽象的な題材へと配列してありますが、全部のテーマを必ず使わなくてはならない、というわけではありません。また、順番どおりにしなくてはいけない、というものでもありません。授業計画に従って、自由に使ってください。

「自分の言葉で個性豊かに」は、学生が書いた実際の作文例です。それぞれ学生自身が修正した後のもの、またはまったく無修正のものを載せました。

また、教師が文法規則をどんなに厳密に教えても、学生は必ず誤用を起こします。それはむろん、学生の学習不足からきている場合もありますが、中にはそれが何故誤用なのか教師も説明がしきれない場合も多いことでしょう。誤用の根源をたどっていくと、教師自身が語法上の新しい規則を発見するなど、誤用分析から教えられることも多いはずです。「中国人学生の誤りやすい表現」は、そのような誤用例を集めてみました。Ⅰでは語彙の誤用を、Ⅱでは文法の誤用を扱っています。参考にしてください。

2. 文法用語について
この本では、用語を次のようにしてあります。
①文体（ぶんたい）について
　普通体（ふつうたい）：国文法で言う常体（じょうたい）（→2. 文体について）
　丁寧体（ていねいたい）：国文法で言う敬体（けいたい）（→2. 文体について）
②動詞（どうし）の活用（かつよう）について

　Ⅰ類動詞：国文法で言う五段動詞。

Ⅱ類動詞：国文法で言う上一段、下一段動詞。

特別動詞：来る、する

ナイ形：例えば、<u>行カ</u>ナイの<u>行カ</u>の部分。

マス形：例えば、<u>行キ</u>マスの<u>行キ</u>の部分。

ル形：動詞の辞書形。行ク、見ル、等。

バ形：例えば、<u>行ケ</u>バの<u>行ケ</u>の部分。

ウ形：例えば、<u>行コウ</u>の形。

テ形：例えば、<u>行ッテ</u>の形。

タ形：例えば、<u>行ッタ</u>の形。

命令形：例えば、<u>行ケ</u>、<u>見ロ</u>、<u>シロ</u>、<u>来イ</u>、の形。

③形容詞について

イ形容詞：寒イ、暑イなど、国文法で「形容詞」と呼ばれるもの。

ナ形容詞：キレイ、好キなど、国文法で「形容動詞」と呼ばれるもの。

活用語：動詞、イ形容詞、ナ形容詞、及び、名詞を述語化するダ。

ナ形容詞・名詞語幹：活用化させるダを除いた部分。キレイ、好キ、など。

テンス・アスペクト：普通体および丁寧体、肯定形および否定形を含む。

現在形：例えば、行ク、行キマス、行カナイ、行キマセン。

過去形：例えば、行ッタ、行キマシタ、行カナカッタ、行キマセンデシタ。

テイル形：例えば、行ッテイル。

テイタ形：例えば、行ッテイタ。

名詞節：述語を持つ修飾部＋被修飾名詞

例「私ガキノウ買ッタ本」

副詞節：述語を持つ修飾部＋接続助詞

例「私ガキノウ本ヲ買ッタノデ」

複合助詞：いくつかの語（多くは、助詞＋動詞テ形または連用中止形）が複合して助詞の役割をしているもの。例：〜ニトッテ、〜ニツイテ、等

なお、文型はカタカナ書き、作文例中にある例文はひらがな書き、作文例中にない例文はカタカナ書きとします。

3. 作文授業へのアドバイス

作文には、いろいろな指導法があると思いますが、ここでは文法中心の指導法のヒントをご紹介したいと思います。

まず、学生諸君は辞書を引くのを厭わないことです。知っている単語でも、動詞に伴う助詞、活用のし方、具体的な使い方、漢語の場合は品詞、日本語との微妙な意味のずれ、などをよく調べてください。

そして、作文の漢字にはルビを振りましょう。中国人学生にとって漢字そのものはまったく問題はないはずで、むしろ落し穴は読み方にあります。自分の表現したいことが正しい音になるよう、普段から訓練しましょう。

教師にとっては、大勢の学生の作文を添削するのは大変なことです。そこで次のような方法はいかがでしょう。

まず、学生の誤用を分類します。そして記号を付けます。例えば、漢字の誤りはａ、助詞の誤りはｂ、動詞の活用の誤りはｃ、単語の不正確な表記はｄ、違った文型を用いるべき場合はｅ、ルビの間違いはｆ、文体の不統一はｇ、というように。そして、その部分はただ記号だけを付して、学生自身に自分の誤りを考えさせます。その他の部分、学生が自分で修正できないような誤りだけを、教師が添削します。

さらに大切なことは、その記号と添削に従って、学生に自らの作文の書き直しをさせることです。これは学生自身にとっても、自己の誤りに向き合うよい経験になるのではないでしょうか。むろん、その前に教師が誤用例の解説をしておかなければなりません。(そのために、巻末に誤用例の分析を付しておきました。)

授業の方法は、作文を授業中に書かせてもよいし、宿題にしてもよいし、また授業中にモデル作文を全体で練習してから、宿題で各自に書かせてもよいと思います。

作文の評価もまた、教師にとって頭の痛い問題です。文法の間違いにより減点法を取ると、作文が好きでたくさん書いた学生が最も減点されてしまう、という矛盾が常に起きてくるからです。

とりあえず、学生が絶対に身につけてほしいこと、例えば原稿用紙の使い方と文体の統一だけは間違えたら減点、と約束してはどうでしょうか。その他の文法事項は、教師が重視する順番に減点を約束すればいいでしょう。

また、学生にも語彙に興味を持つ段階があり、新しく覚えたことばをどんどん使ってどんどん間違える学生がいますが、それこそ教師の望む学習スタイルなのです。教師ではない普通の日本人が作文を見た場合、注目するのは文法の正確さよりも、語彙の豊富さなのですから。新しい語彙を使ってたくさん書こうという学生のチャレンジ精神は評価しなければなりません。それ故、「文法点」と「内容点」に分けてそれぞれ評価する、などの配慮をする必要があるでしょう。

　いずれにしろ、学生が文法の誤りを恐れるあまり、書くことに消極的にならぬよう、楽しい授業を期待しています。

2005 年 6 月　吉田妙子

目　次

作文を書き始める前に
―日本語作文の予備知識―

予備知識

原稿用紙の使い方

❶ タイトルは一行目、名前は二行目に書く。タイトルは上を二〜四字分空け、名前は下を一、二字分空けるとよい。<u>タイトルや名前を欄外に書いてはいけない。</u>

❷ 漢字・ひらがな・カタカナとも一字一マス。ひらがな・カタカナの促音・長音も一マス使う。拗音（「きゃ」「きゅ」「きょ」等）は、二文字と見なして二マス使う。

❸ 段落の最初は一字空ける。（二字空けではないので注意。）

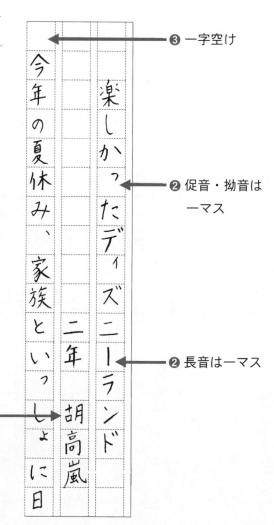

❸ 一字空け

❷ 促音・拗音は一マス

❷ 長音は一マス

❶ 名前は二行目

❹ 句読点は一マス使う。句点も読点も、マスの真ん中に書いてはいけない。縦書きの場合は右上、横書きの場合は左下に打つのがよい。

❺「」『』()などの括弧も一マス使う。それぞれ、次のように書く。

❻ 句読点は、最上段のマスに書いてはいけない。行の最後の文字といっしょに書く。

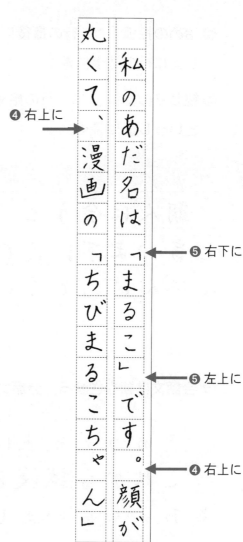

❹ 右上に
❺ 右下に
❺ 左上に
❹ 右上に

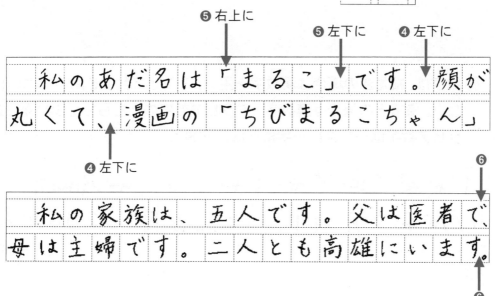

❺ 右上に
❺ 左下に
❹ 左下に
❹ 左下に
❻
❻

❼ 始めの括弧「 は、行の最後に書いてはいけない。「 の次の文字といっしょに行の最後に書く。

❽ 終わりの括弧 」は、行の始めに書いてはいけない。行の最後の文字といっしょに書く。

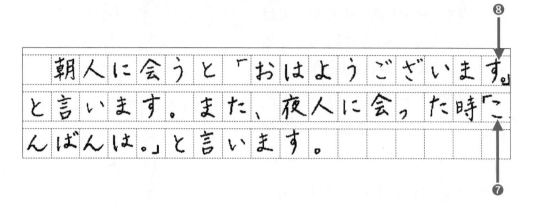

❾ 会話文は独立させる。会話文の始まりは一字空けなくてもよい。

❿ 数字は、縦書きの場合は漢数字を用い、アラビア数字を用いてはいけない。横書きの場合は漢数字、アラビア数字のどちらでもよいが、アラビア数字は一マスに一字または二字書く。

チャレンジ・・・・・・・・・・・・・・・・・・・・・・・・・・・・・・・・・・・・・

✍ 練習

　次の文にタイトルをつけ、四百字詰めの原稿用紙に書いてみましょう。漢字にルビも振ってください。

きのう、スーパーマーケットに行きました。トマトとビールとパンと紙を買って、全部で1200円でした。細かいお金がなかったので、10000円札を出しました。店員は、「おつりがありません。」と言いました。私はたいへん困りました。「どうしたらいいだろう。」と思いました。その時、近くにいた人が、「こんにちは。お買い物ですか。」と私に声をかけました。それは大家さんの奥さんでした。奥さんに1200円貸してもらって、私は助かりました。大家さんの奥さんとはあまり話したことがありませんが、いい人だと思いました。私は、「ありがとうございました。あした必ず返します。」と言って別れました。

予備知識

<ruby>文<rt>ぶん</rt></ruby><ruby>体<rt>たい</rt></ruby>について

1. <ruby>文体<rt>ぶんたい</rt></ruby>（文の<ruby>文末形式<rt>ぶんまつけいしき</rt></ruby>）には、<ruby>丁寧体<rt>ていねいたい</rt></ruby>と<ruby>普通体<rt>ふつうたい</rt></ruby>がある。日本語で<ruby>文章<rt>ぶんしょう</rt></ruby>を書く時には、必ずどちらかの文体に<ruby>統一<rt>とういつ</rt></ruby>すべきであり、一つの文章の中では、決して丁寧体と普通体を<ruby>混合<rt>こんごう</rt></ruby>して使ってはならない。

2. 丁寧体と普通体

<ruby>動詞文<rt>どうしぶん</rt></ruby>

	現在肯定形	現在否定形	過去肯定形	過去否定形
丁寧体	行きます	行きません	行きました	行きませんでした
普通体	行く	行かない	行った	行かなかった

動詞文に<ruby>特有<rt>とくゆう</rt></ruby>の<ruby>文型<rt>ぶんけい</rt></ruby>

		意向形	依頼の文型	命令の文型
丁寧体	Ⅰ類	行きましょう	行ってください	行きなさい
	Ⅱ類	見ましょう	見てください	見なさい
	特別	しましょう	してください	しなさい
		きましょう	きてください	きなさい
普通体	Ⅰ類	行こう	行ってくれ	行け
	Ⅱ類	見よう	見てくれ	見ろ（文語は「見よ」）
	特別	しよう	してくれ	しろ（文語は「せよ」）
		こよう	きてくれ	こい（文語は「こよ」）

イ形容詞文 <small>（けいようしぶん）</small>

	現在肯定形	現在否定形	過去肯定形	過去否定形
丁寧体	寒いです	寒くありません （寒くないです）	寒かったです	寒くありませんでした （寒くなかったです）
普通体	寒い	寒くない	寒かった	寒くなかった

ナ形容詞文・名詞文 <small>（めいしぶん）</small>

	現在肯定形	現在否定形	過去肯定形	過去否定形
丁寧体	①静か ②学生 ｝です	①静か ②学生 ｝で（は） 　　　ありません ①静か ②学生 ｝では 　　　ないです	①静か ②学生 ｝でした	①静か ②学生 ｝で（は） 　　　ありませんでした ①静か ②学生 ｝では 　　　なかったです
普通体	①静か ②学生 ｝だ	①静か ②学生 ｝で(は)ない	①静か ②学生 ｝だった	①静か ②学生 ｝で(は)なかった

その他 <small>（た）</small>

	推量の文型
丁寧体	動詞文・イ形容詞文・ナ形容詞文・名詞文　普通体＋でしょう
普通体	動詞文・イ形容詞文・ナ形容詞文・名詞文　普通体＋だろう （但し、ナ形容詞文・名詞文現在形は語幹＋｛でしょう／だろう｝）

注(1)イ形容詞文・ナ形容詞文・名詞文の（　）内の語法（ごほう）は、口語的（こうごてき）である。

(2)ナ形容詞文・名詞文の否定形（ひていけい）における（は）は、必ず（かなら）しも用いられるとは限らない。

(3)口語ではナ形容詞文・名詞文の否定形「静かじゃない」「学生じゃありませんでした」のような口語縮約形（こうごしゅくやくけい）は正式感（せいしきかん）を欠（か）くので、作文では用いない方がよい。

３．接続助詞を伴う副詞節内の文体

　　逆接の接続助詞ガを含む文では、主節の文体が丁寧体の時はガの前の副詞節も丁寧体、全体が普通体の時はガの前も普通体にする。

　　　　例 ☞ 「父は六十才ですが、元気です。」
　　　　　☞ 「父は六十才だが、元気だ。」
　　　　　× 「父は六十才ですが、元気だ。」
　　　　　× 「父は六十才だが、元気です。」

　　その他の接続助詞、ケド、シ、カラ、などは、主節の文体の如何に関わらず普通体を用いる。主節の文体が丁寧体の時に丁寧体を用いることも可能だが、その場合はやや口語的になる。

　　　　例 ☞ 「父は六十才だけど、元気です。」
　　　　　☞ 「父は六十才だけど、元気だ。」
　　　　　　（「父は六十才ですけど、元気です。」は口語的。）
　　　　　☞ 「母は親切だし、美人です。」
　　　　　☞ 「母は親切だし、美人だ。」
　　　　　　（「母は親切ですし、美人です。」は口語的。）
　　　　　☞ 「試験があるから、勉強します。」
　　　　　☞ 「試験があるから、勉強する。」
　　　　　　（「試験がありますから、勉強します。」は口語的。）

４．丁寧体を使う文章と普通体を使う文章

　　基本的に、書きことばにおいては特定の読者とコミュニケーションをしたい場合にのみ、丁寧体を用いる。作文では、基本的にはどちらを選んでもよいが、堅い内容の文（意見文、論説文など）では普通体が多く用いられる。しかし、レポート、論文を書く時は必ず普通体で書く。

チャレンジ •

✍ 練習

1. 次の文章では、丁寧体、普通体のどちらが使われているでしょうか。

小説　童話　随筆　新聞の報道記事　憲法の条文　公文書　広告文
新聞の投書　商品の説明書　日記　手紙　メモ　遺書

2. 次の文章は、丁寧体と普通体が混じっています。文体を、①丁寧体、②普通体、に統一してください。

　　日本人の一人あたりの飲酒量は、台湾人の六倍になると言います。日本と台湾では、お酒についての観念が全然違うようだ。まず、日本と違って、台湾には「飲み屋」が非常に少ないです。日本では、一つの通りに必ず一軒は「飲み屋」があります。日本では、夜の電車の中は酔っ払いでいっぱいだ。道路や駅で寝ているサラリーマンもいる。しかし、台湾では路上や車中で酔っ払いを見かけることはほとんどありません。宴会などでは、日本ではお酒を拒否することは難しいですが、台湾人は「私はお酒は飲めません」とはっきり言う。台湾では「食の文化」が発展していて、お酒は食事の付属品と考えられているようだが、日本には食事から独立した「酒の文化」があるからでしょう。

書(か)きことばと話(はな)しことば

　話しことばには、書きことばと違(ちが)う特徴(とくちょう)がいくつかある。話しことばを適(てき)度(ど)に用(もち)いれば、文章(ぶんしょう)に柔(やわ)らかさや親近感(しんきんかん)が出てくるとは言うものの、書きことばの原則(げんそく)を理解(りかい)しないままに使(つか)い過(す)ぎると、やはり正式感(せいしきかん)に欠(か)ける文になり、場合によっては読む人の心証(しんしょう)を害(がい)することになろう。

　まず、会話でよく用いられる話しことばの特徴をあげよう。（詳しくは、「たのしい日本語会話教室」『授業を始める前に－言葉のルールを確認しよう－』を参照されたい。）

1. 音(おん)の変化による語形変化(ごけいへんか)（口語縮約形(こうごしゅくやくけい)）

（1）母音(ぼいん)の脱落(だつらく)

例 ☞ 「～のです」→「～んです」（～ nɵdesu）

☞ 「している」→「してる」（shiteɪru）

☞ 「しておく」→「しとく」（shiteɵku）

☞ 「ほんとうに」→「ほんとに」（hontoɵni）

（2）子音(しいん)の脱落

例 ☞ 「わたし」→「あたし」（watashi）

☞ 「すみません」→「すいません」（sumimasen）

（3）母音・子音の脱落変化

例 ☞ 「お帰りなさい」→「お帰んなさい」

（okaerinasai → okaennasai）

・「〜では」→「〜じゃ」（〜 dewa → 〜 ja）

　　☞「それでは」→「それじゃ」

・「〜ているのだ」→「〜てんだ」（〜 teirunoda → 〜 tenda）

　　☞「行っているのだ」→「行ってんだ」

・「〜てしまった」→「〜ちゃった」（〜 teshimatta → 〜 chatta）

　　☞「行ってしまった」→「行っちゃった」

・「〜ても」→「〜たって」（〜 temo → 〜 tatte）

・「〜でも」→「〜だって」（〜 demo → 〜 datte）

　　☞「行っても」→「行ったって」

　　☞「読んでも」→「読んだって」

・「〜eば」→「〜ゃ」（〜 eba → 〜 ya）

　　☞「行けば」→「行きゃ」

・「〜ては」→「〜ちゃ」（〜 tewa → 〜 cha）

　　☞「行っては」→「行っちゃ」

・「〜なければ」→「〜なけりゃ」→「〜なきゃ」→「〜にゃ」
（〜 nakereba → 〜 nakerya → 〜 nakya → 〜 nya）

　　☞「行かなければ」→「行かなけりゃ」→「行かなきゃ」
　　　　→「行かにゃ」

・「〜と」→「〜って」（〜 to → 〜 tte）

　　☞「〜と言った」→「〜って言った」

（４）促音・撥音の挿入（促音の後続子音は音便化する場合がある）

　　例 ☞「やはり」→「やっぱり」（yahari → yappari）
　　　　☞「ばかり」→「ばっかり」（bakkari）
　　　　☞「暑くて」→「暑くって」（atsukutte）
　　　　☞「あまり」→「あんまり」（ammari）

（5）「ａｉ」→「ｅｅ」（口語の俗語。会話でも用いない方がいい。）

例 ☞ 「いたい」（痛い）→「いてえ」（itai → itee）

☞ 「ない」→「ねえ」（nai → nee）

２．語法の変化

（１）助詞の省略

格助詞ガ、ヲ、方向を示すニ、へ、副助詞ハの省略。

例 ☞ 「私（は）、陳です。」

☞ 「もうご飯（を）、食べましたか。」

☞ 「図書館（へ）、行って来ます。」

☞ 「あの人（は）、ピアノ（が）、上手ですよ。」等。

（２）述語の省略

例 ☞ 「私は、チャーハン（がいいです）。」

（３）一人称、二人称の省略

例 ☞ 「（あなたは）陳さんですか。」

「いいえ、（私は）李です。」

（４）会話の応答における焦点語以外の省略

例 ☞ 「食事はすみましたか？」

「ええ、（食事は）もう（すみました）。」

（５）文の倒置

例 ☞ 「もう遅いから、帰りましょう。」

→「帰りましょう、もう遅いから。」

３．語の意味の変化

（１）接続助詞やテ形の言いさし表現

テ形やある種の接続助詞は、文末の言いさし表現として用いると、本来の語義以外のさまざまなニュアンスを含むようになる。

例 ☞ 「あの人、ほんとにずうずうしいんだから。」
　 ☞ 「はい、吉田ですが。」
　 ☞ 「もう、うれしくってうれしくって。」

（２）名詞並列の「ＡトカＢトカ」は、口語的。「ＡヤＢナド」の方が書きことば的。

例 ☞ 「みんな集まって、コーヒーとか紅茶とか飲みました。」

（３）語の用法の変化

ある種の語は会話中である情意性を帯び、原義と違った用い方がされる。

例 ☞ 「これは、何ですか？」「だから、さっき言ったでしょ。」
　 ☞ 「陳さんは来ましたか？」「それが、まだ来ないんですよ。」
　 ☞ 「娘は今日、結婚式なんです。」「それはそれは。」
　 ☞ 「この子は、ほんとにもうしょうがない。」
　 ☞ 「秋は山が紅葉に包まれるんですが、これがまたきれいなんですよ。」
　 ☞ 「これが龍山寺ですか。しかし古いですねえ。」

４．コミュニケーションを促進するための語

（１）間投詞の挿入

ああ　あっ　うーん　ええ　えっ　おい　おお　さあ　ほら　等

（２）終助詞の添加

～ね　～よ　～か　～わ　～よね　～な　～さ　～ぜ　等

（３）あいづち

「はい、はい。」「ええ、ええ。」「うん、うん。」「はあ。」

「ふーん。」「それで？」「そうですね。」「そうですか。」等

5．その他

（１）敬語、男性語・女性語、方言等の社会言語の使用

（２）俗語・流行語・通称等の使用

例 ☞ 巡査→おまわりさん（愛称）

☞ 腹が立つ→頭に来る（俗語）

☞ 空っぽ→ピーマン（流行語）　等

総じて、書きことばと異なる話しことばの特徴とは、

①言いにくい音を避けるため

②聞き手に情意を強く伝えるため

③コミュニケーションを円滑にするため

の三点から来ている。

　このうち作文の中で比較的よく見られるものは、口語縮約形、及びネ、ヨ、等の終助詞の添加である。しかし文章を書く場合には音声上の問題もなく、また手紙文以外では読み手と直接のコミュニケーションを取る必要はないのである。口語縮約形は使いすぎれば崩れた感じを与え、終助詞は作文に使うと違和感を与えるのみである。

　特に試験などの資格審査のための作文では、会話引用の部分以外では、口語表現を用いるのは絶対に避けた方がいいであろう。

✎ 練習

次の下線部分は話しことばです。書きことばになおしてみましょう。

　きのう私、妹といっしょにデパートへ買物に行きました。トイレ行った時、妹がぐずぐずしてるんで、何やってんだろうと思ったら、財布なくしちゃったって言うんで、二人であわてて探しました。一階のフロントとかバス停とか探したけど見つかんないんで、しかたなく何も買わないで家に帰りました。家に帰ったら、財布がありました、妹の部屋の机の上に。妹は財布をカバンに入れるのを忘れちゃったんです。これじゃ、いくら探したって出てこないはず。ああ、妹はほんとにおっちょこちょいですね。

日本の漢字と台湾の漢字

漢字の由来はむろん中国からである。この点で、台湾人の学生には漢字に対する違和感も不安感もない。しかし、1500年の歴史のうちには漢字もやはり本土化されており、特に戦前の旧漢字と戦後の新漢字の差は大きい。

学生は、次のことを注意する必要があろう。

1. 日本の漢字は台湾の漢字と違うものがある。あるいは、戦後定められた新漢字は台湾の漢字と違うものがある。但し、旧漢字は固有名詞に用いられることもある。

2. 繁体字の「機」「葉」に対応する中国の簡体字の「机」「叶」は、日本語では別の漢字であり、別の意味がある。

3. 日本で独自に作られた漢字がある。(例:「梶」「辻」「旧」「働」等)

4. 日本の漢字には、「時々」「人々」など、前の漢字の反復を表す「々」の字がある。

5. 活用語の漢字に伴う送りがなも、正書法に基づいて書くよう注意させる必要がある。

チャレンジ ••

✎ 練習

次の台湾漢字を、日本で現在使われている漢字になおしてください。

對　讀　黨　置　每　寫　歸　團　氣　反　歡　豫
會　惡　草　燒　將　澤　樂　窗　覺　狹　戀　飲
乘　縣　儉　齋　區　晉　兩　國　經　兔　黑　櫻
殘　實　雜　圖　傳　攝　單　處　讚　專　發　榮
譽　號　應　學　點　轉　體　廣　繼　帶　聽　灣
鬱　拜　鄰　册　證　爭　總　豐　惠　從　聲　參
當　選　壞　藏　纖　鐵　戲　數　巢　步　彌　遲
辯　關

MEMO

第1部

身近な題材で
気楽に書いてみよう

身近な題材で
気楽に書いてみよう

テーマ1 『私の家族』

学習事項

1. テンス・アスペクト（1）ー過去形と現在形
2. 存在文（1）
3. ～テイル
4. テ形（1）ー並列
5. 願望を表す文
6. 接続助詞　ノデ、タリ

▶作文例

1　私の家は、東京にあります。東京には、父と母が住んでいます。父は七十六オで、母は七十三オです。父はもう退職して、毎日鯉の世話をしたりテレビを見たりしています。父は最近心臓が悪いので、好きなお酒があまり飲めません。母は専業主婦です。母は料理が上手で、いつも新しいお菓子を工夫しています。私は、顔が母に似ていて、性格が父に似ています。

2　私は、弟が<u>二人</u>います。二人とも<u>結婚</u>していて、別の家
<small>2-(2)</small>　　　　　　　　　　　　　<small>3-(3)</small>
に<u>住ん</u>でいます。私が三才の時、上の弟が<u>生まれました</u>。彼
　<small>3-(3)</small>　　　　　　　　　　　　　　　<small>1-(1)</small>
は泣き<u>虫</u>でした。今は三菱に<u>勤めていて</u>、子供が<u>三人</u>いま
　　<small>1-(1)</small>　　　　　　<small>3-(2)</small>　<small>4</small>　　　<small>2-(2)</small>
す。彼の長男は、将来パン職人になり<u>たがっています</u>。
　　　　　　　　　　　　　　　　　<small>5-(2)</small>

　　私が小学校四年の時、下の弟が<u>生まれました</u>。彼はとても
　　　　　　　　　　　　　　　　<small>1-(1)</small>
かわいい<u>赤ん坊</u>だったので、みんなが<u>かわいがりました</u>。今
　　　　<small>1-(1) 6-(2)</small>　　　　　　　　　　　　<small>1-(1)</small>
はＮＥＣに<u>勤めていて</u>、子供が<u>二人</u>います。彼の子供は二人
　　　　　<small>3-(2)</small>　　　　<small></small>
とも男の子<u>なので</u>、次は女の子を<u>欲しがっています</u>。
　　　　　　<small>6-(2)</small>　　　　　　<small>5-(2)</small>

3　お正月にはみんな両親の家で、一日中料理を食べ<u>たり</u>話し
　　　　　　　　　　　　　　　　　　　　　　　　<small>6-(1)</small>
<u>たりします</u>。日本のお正月は、新暦です。私は、お正月には
<small>6-(1), 1-(2)</small>
日本に帰ることができない<u>ので</u>、電話で家族と話を<u>します</u>。
　　　　　　　　　　　　　<small>6-(2)</small>　　　　　　　　　<small>1-(2)</small>
楽しい雰囲気が<u>伝わってきます</u>。
　　　　　　<small>1-(2)</small>

4　日本は、春の桜、秋の紅葉、冬の雪がきれいです。私は冬
休みや春休みには日本に帰れますが、秋は仕事が忙しい<u>ので</u>
　　　　　　　　　　　　　　　　　　　　　　　　<small>6-(2)</small>
帰れません。いつか秋に日本に<u>帰りたい</u>と思います。両親に
　　　　　　　　　　　　　　　<small>5-(1)</small>
は、いつまでも元気で<u>いてほしい</u>と思います。弟たちには、毎
　　　　　　　　　　<small>5-(3)</small>
日元気で仕事を<u>してほしい</u>と思います。
　　　　　　<small>5-(3)</small>

▶作文の構成

第1段落：両親の紹介

第2段落：兄弟姉妹の紹介

第3段落：いつも家族で何をするか

第4段落：自分の願いと家族に対する願い

▶ 作文に必要な文法事項

1. テンス・アスペクト ── 過去形と現在形

（1）過去の一回限りの事実の叙述には過去形を用いる。

> 例 ☞「私が三才の時、上の弟が生まれました。」
> ☞「彼は泣き虫でした。」
> ☞「私が小学校四年の時、下の弟が生まれました。」
> ☞「彼はとてもかわいい赤ん坊だったので、みんながかわいがりました。」

（2）現在・未来を通じて習慣的・恒例的・反復的に生じる事態の叙述には、現在形を用いる。

> 例 ☞「お正月にはみんな両親の家で、一日中料理を食べたり話したりします。」
> ☞「電話で家族と話をします。」
> ☞「楽しい雰囲気が伝わってきます。」
> ☞「閏年ハ四年ニ一回来マス。」

2. 存在文

（1）場所名詞に伴う助詞

> 場所 ニ 物 ガ アル
>
> 例 ☞「教室ニ机ガアリマス。」
> ☞「私の家は、東京にあります。」
>
> 場所 デ 事件 ガ アル
>
> 例 ☞「教室デ授業ガアリマス。」

（2）動詞と数量詞

数量詞は存在物の直後に置く（中国語と反対）。また、数量詞には助詞をつけない。

「冰箱裡有三個雞蛋。」（数量詞＋名詞）→「冷蔵庫ニ卵ガ３ツアリマス。」（名詞＋数量詞）

「昨天他吃了<u>四碗飯</u>。」→「キノウ彼ハゴ飯ヲ<u>四杯</u>食べマシタ。」

> 例 ☞「私には、弟が二人います。」
>
> ☞「今は三菱に勤めていて、子供が三人います。」
>
> ☞「今はＮＥＣに勤めていて、子供が二人います。」

３．〜テイルの意味

（１）現在進行中の動作

> 例 ☞「弟ハ今、風呂ニ入ッテイマス。」

（２）一定の期間持続する反復的動作で、現在行なわれていること。

> 例 ☞「父はもう退職して、毎日鯉の世話をしたり、テレビを見
> たりしています。」
>
> ☞「母は料理が上手で、いつも新しいお菓子を工夫してい
> ます。」
>
> ☞「今は三菱に勤めていて、子供が三人います。」
>
> ☞「今はＮＥＣに勤めていて、子供が二人います。」

> cf 「私ハ毎日風呂ニ入リマス」は現在の習慣であるとともに未来も
> そうするという意志が含まれるが、「私ハ毎日風呂ニ入ッテイマ
> ス」は現在を中心とした一定の期間の習慣を紹介しているにす
> ぎない。

（３）静的事態（状態性）を表すいくつかの動詞は〜テイルを用いる。

> 例 ☞「東京には、父と母が住んでいます。」
>
> ☞「二人とも結婚していて、別の家に住んでいます。」
>
> ☞「私の顔は母に似ていて、性格は父に似ています。」
>
> ☞「彼ハ妻ヲ愛シテイマス。」

> cf これらの動詞は、現在形を使って「東京に住む」「結婚する」「母
> に似る」「妻ヲ愛スル」とすると、未来の予想や意志を表す文に
> なる。
>
> > 例 ☞「私は留学後は、学校の寮に住みます。」
> >
> > ☞「私は五月に結婚します。」

33

4．テ形の用法——並列

名詞　「父は七十六才です。母は七十三才です。」

→「父は七十六才で、母は七十三才です。」

イ形容詞　「コノ家ハ大キイデス。アノ家ハ小サイデス。」

→「コノ家ハ大キクテ、アノ家ハ小サイデス。」

ナ形容詞　「母は料理が上手です。いつも新しいお菓子を工夫しています。」

→「母は料理が上手で、いつも新しいお菓子を工夫しています。」

動詞　「父はもう退職しています。毎日鯉の世話をしたり、テレビを見たりしています。」

→「父はもう退職して、毎日鯉の世話をしたり、テレビを見たりしています。」

「私は、顔が母に似ています。性格が父に似ています。」

→「私は、顔が母に似ていて、性格が父に似ています。」

「二人とも結婚しています。別の所に住んでいます。」

→「二人とも結婚していて、別の所に住んでいます。」

「今は三菱に勤めています。子供が三人います。」

→「今は三菱に勤めていて、子供が三人います。」

「今はＮＥＣに勤めています。子供が二人います。」

→「今はＮＥＣに勤めていて、子供が二人います。」

cf　2つの文の文末のテンス・アスペクトや文型が違う場合、テ形を用いて接続してはいけない。

例 ☞「昨日ハ、天丼ヲ食ベマシタ。明日ハスキ焼キヲ食ベマス。」

→ ×「昨日ハ、天丼ヲ食ベテ、明日ハスキ焼キヲ食ベマス。」

☞「明日ハ美容院ニ行キタイデス。銀行ニモ行カナケレバナリマセン。」

→ ×「明日ハ美容院ニ行ッテ、銀行ニモ行カナケレバナリマセン。」

5. 願望を表す文型

（1）話者の願望を表す文型、〜タイ（ト思ウ）、〜ガ欲シイ

> 動詞マス形 ＋タイ（ト思ウ）

> 名詞 ＋ガ欲シイ

> 例 ☞「いつか秋に日本に帰りたいと思います。」
> ☞「私ハ、庭付キノ家ガ欲シイデス。」

> 「日本に帰りたいです」は、心の内部の欲望を直接的に吐露する
> 表現なので、「〜たいと思います」の方が間接的で穏健な印象
> を与える。

（2）話者以外の願望を表す文型、〜タガッテイル、〜ヲ欲シガッテイル

> 動詞マス形 ＋タガッテイル

> 名詞 ＋ヲ欲シガッテイル

> 例 ☞「彼の長男は、将来パン職人になりたがっています。」
> ☞「彼の子供は二人とも男の子なので、次は女の子を欲し
>   がっています。」

> cf 〜タガル、〜ヲ欲シガルは欲望が外から見える状態なので、目上
> の人に対して使うのは失礼。「犬ガゴ飯ヲ食ベタガッテイマス」
> はよいが、敬意を払うべき相手には「先生ハゴ飯ガ食ベタイヨウ
> デス」など話者の判断として表現するべきであろう。

（3）話者の他者に対する願望

> 人 ニ 動詞テ形 欲シイ（ト思ウ）、モライタイ（ト思ウ）

> 例 ☞「両親には、いつまでも元気でいてほしいと思います。」
> ☞「弟たちには、毎日元気で仕事をしてほしいと思いま
>   す。」

6. 接続助詞

（1）〜タリ〜タリスル

| 動詞タ形 | リ | 動詞タ形 | リスル：行動の例を挙げる |

 ☞ 「父はもう退職して、毎日鯉の世話をしたり、テレビを見たりしています。」

☞ 「お正月にはみんな両親の家で、一日中料理を食べたり話したりします。」

> **cf** 〜タリ〜タリスルと混同されやすいのが、〜ナガラ〜スルである。タリが2つ以上の動作を例示するのに対し、〜ナガラは2つだけの動作の同時進行を表わす。
>
> 例 ☞「音楽を聞いたり、本を読んだりします。」（音楽を聞く、本を読む等の動作をする。）
>
> ☞「音楽を聞きながら、本を読みます。」（音楽を聞くのと本を読むのを同時にする。）

（2）ノデ

| 活用語普通体（但しナ形容詞・名詞現在形＋ナ）＋ノデ |

例 ☞ 「父は最近心臓が悪いので、好きなお酒があまり飲めません。」

☞ 「彼はとてもかわいい赤ん坊だったので、みんながかわいがりました。」

☞ 「彼の子供は二人とも男の子なので、次は女の子を欲しがっています。」

☞ 「私は、お正月には日本に帰ることができないので、電話で家族と話をします。」

☞ 「秋は仕事が忙しいので帰れません。」

カラが主観的な理由を示すのに対して、ノデは客観的理由を示す。それ故、ノデを用いた場合、主節の文末に、～ヨウ（意向）、～テクダサイ（依頼）、～シロ（命令）、～スルナ（禁止）など、話者の意向や意志を示す文型を用いてはならない。

例 ×「仕事が忙しいので、帰ってください。」
　　〇「仕事が忙しいから、帰ってください。」

▶関連語彙

長男　長女　次男　次女　三男　三女　一姫二太郎
一番上の姉　二番目の兄　末っ子　一人っ子　大家族　核家族

チャレンジ ●

✍練習

～ノデ
～タリ～タリ
～タイ ⎫ を使って例文を作ってください。
～タガッテイル
～テ欲シイ

✍作文課題

「私の家族」というテーマで作文を書いてみましょう。

✍応用課題

「私のクラス」
「私の学科の先生たち」 ⎫ というテーマで作文を書いてみましょう。

テーマ2 『私の趣味』

学習事項

1. テンス・アスペクト（2）
2. 主語と述語の対応
3. 名詞修飾節
4. 補助動詞と複合動詞
5. 接続助詞　カラ、ト、シ
6. 決意を示す表現

▶ 作文例

1　私の趣味は、犬と遊ぶことです。小さい時から動物が好きでしたが、日本の家は狭いから、犬が飼えませんでした。だから、台湾で飼い始めました。私は以前、日本では犬より猫の方が好きでしたが、今は猫より犬の方が好きです。五年前から犬を一匹飼っています。ライフは、中山北路で拾ってきた犬です。七才くらいの雄犬で、白と黒のブチのかわいい雑種です。

2　私の家には庭がないから、部屋の中で飼っています。だから、ライフは散歩が大好きです。ライフは日本語がわかるから、「ライフちゃん、お散歩。」と言うと、跳び上がって喜

びます。散歩は、一日に三回行きます。散歩の時間になると、私の書斎に来て私を鼻でつつきます。ライフはまるで、時計を持っているようです。

③　ご飯は、一日に二回です。ライフは骨付き肉が一番好きです。骨付き肉をたくさんやると、ソファーの下やベッドの下に隠します。骨を隠しておくと汚いから、私はいつもライフを叱ります。私が叱ると、ライフはもっと上手に骨を隠します。大掃除の時、私の書斎や居間から、骨が三つ出てきました。

④　犬は人間と同じです。犬も自分の意志と欲求を持っています。犬はかわいいし、忠実だし、人間のいい友達です。犬を勝手に捨てる人は、無責任です。捨て犬は汚いし、ご飯もないし、かわいそうです。この次は、雌犬を拾ってこようと思います。

作文の構成

第①段落：趣味の紹介、趣味を持ったきっかけ
第②段落：日常、どんなことをするか
第③段落：エピソード
第④段落：これからの希望

▶作文に必要な文法事項

1．テンス・アスペクト

過去のある時点から発話時点まで持続している動作・状態を表す文。

過去のある時点 ＋カラ、 イ形容詞・ナ形容詞過去形／動詞テイル形

例 ☞ 「小さい時から動物が好きでしたが……」
☞ 「母ハ若イ頃カラ忙シカッタデス。」
☞ 「五年前から犬を一匹飼っています。」

2．主語と述語の対応

主語の名詞は、述語動作の動作主でなければならない。

例 ☞ 「学生ハ、勉強シマス。」
主語（学生）が動作（勉強する）の動作主。
✕ 「学生ノ義務ハ、勉強シマス。」
主語（義務）が動作（勉強する）の動作主ではない。それに対して、「勉強すること」「勉強」は動作そのものではなく、動作の内容を示す抽象名詞であるので、「義務」という主語と対応する。
○ 「学生ノ義務ハ勉強スルコトデス。」
○ 「学生ノ義務ハ、勉強デス。」

例 ☞ 「私の趣味は、犬と遊ぶことです。」

3．名詞修飾節

関係節：名詞修飾節（Ｂ）の被修飾名詞が元の文（Ａ）の中にあるもの。

例 Ａ「母ハ台所デ魚ヲ焼キマス。」
→ Ｂ「母ガ台所デ魚ヲ焼ク 魚 。」

A 「母ハ台所デ魚ヲ焼キマス。」

→ B 「母ガ台所デ魚ヲ焼ク 場所 。」

 ☞ 「ライフは、中山北路で拾ってきた犬です。」

☞ 「犬を勝手に捨てる人は、無責任です。」

---

cf 同位節：名詞修飾節（B）の被修飾名詞が元の文（A）の中に
ないもの。

例 A「母ハ台所デ魚ヲ焼キマス。」
→B「母ガ台所デ魚ヲ焼ク 匂い 。」
A「母ハ台所デ魚ヲ焼キマス。」
→B「母ガ台所デ魚ヲ焼ク 姿 。」

---

4. 補助動詞と複合動詞

補助動詞： 動詞テ形 ＋ミル／ミセル／シマウ／オク／アル／
イル／イク／クル／アゲル（サシアゲル、ヤル）／
モラウ（イタダク）／クレル（クダサル）、の11種

例 ☞ 「五年前から犬を一匹飼っています。」

☞ 「ライフは、中山北路で拾ってきた犬です。」

☞ 「私の家には庭がないから、部屋の中で飼っています。」

☞ 「ライフはまるで、時計を持っているようです。」

☞ 「骨を隠しておくと汚いから……」

☞ 「大掃除の時、私の書斎や居間から、骨が三つ出てきま
した。」

☞ 「犬も自分の意志と欲求を持っています。」

☞ 「この次は、雌犬を拾ってこようと思います。」

複合動詞： 動詞マス形 ＋ 始メル／続ケル／終ワル、等のさまざ
まな動詞

例 ☞ 「だから、台湾で飼い始めました。」

☞「ライフは日本語がわかるから、『ライフちゃん、お散
　歩。』と言うと、跳び上がって喜びます。」

☞「彼ラハ歌イ続ケマシタ。」

☞「ヤット食べ終ワリマシタ。」

５．接続助詞　カラ、ト、シ

（１）カラ

① 活用語普通体 ＋カラ：理由を表す

例 ☞「手ヲ洗ッタカラ、キレイデス。」

☞「日本の家は狭いから、犬が飼えませんでした。」

☞「私の家には庭がないから、部屋の中で飼っています。」

☞「ライフは日本語がわかるから、『ライフちゃん、お散
　歩。』と言うと跳び上がって喜びます。」

☞「骨を隠しておくと汚いから、私はいつもライフを叱り
　ます。」

② 動詞テ形 ＋カラ：〜〜之後才

例 ☞「手ヲ洗ッテカラ、食ベテクダサイ。」

③ 名詞 ＋カラ：時間・空間の起点を示す

例 ☞「小さい時から動物が好きでしたが……」

☞「五年前から犬を一匹飼っています。」

☞「東京カラ来マシタ。」

（２）ト

A ト B ：Aが起こった後、いつも必ずBが起こる。

Aは、活用語普通形の現在肯定形、或いは現在否定形。Bは現在形。

例 ☞「……『ライフちゃん、お散歩。』と言うと、跳び上がっ
　て喜びます。」

☞「散歩の時間になると、私の書斎に来て私を鼻でつつき
　ます。」

☞ 「骨付き肉をたくさんやると、ソファーの下やベッドの下に隠します。」

☞ 「骨を隠しておくと汚いから、私はいつもライフを叱ります。」

☞ 「私が叱ると、ライフはもっと上手に骨を隠します。」

（3）シ

| 活用語普通形 | ＋シ：又〜又〜

ある結論に対する理由を列挙する。…

① ［ 理由 シ、… 理由 〜シ、 結論 。］という用法。

 ☞ 「犬はかわいいし、忠実だし、人間のいい友達です。」

☞ 「映画モ見タシ、オイシイモノモ食ベタシ、ソロソロ帰ロウ。」

☞ 「捨て犬は汚いし、ご飯もないし、かわいそうです。」

② ［ 理由 シ、… 理由 〜カラ、 結論 。］という用法。

 ☞ 「犬はかわいいし、忠実だから、人間のいい友達です。」

☞ 「映画モ見タシ、オイシイモノモ食ベタカラ、ソロソロ帰ロウ。」

③ ［ 理由 シ、… 理由 〜ダ。］（結論部分が隠されている）という用法。

 ☞ 「犬はかわいいし、忠実です（だから人間のいい友達です）。」

☞ 「映画モ見タシ、オイシイモノモ食ベタ（だからそろそろ帰ろう）。」

> テ形を用いて「映画ヲ見テ、オイシイモノヲ食ベタ。」と言う場合は単なる事実の列挙で、「ソロソロ帰ロウ」という結論は含まれていない。

身近な題材で気楽に書いてみよう

6. 意向の文型　～ヨウト思ウ

動詞ウ形　ト思ウ

例 ☞「この次は、雌犬を拾ってこようと思います。」

~タイは、実現根拠の有無に関わらず、主観的な願望を表す。

例 ☞「来世ハ、鳥ニナリタイ。」（単なる夢想）

~ヨウト思ウは、実現の意志がある状態を表す。

☞「卒業シタラ、日本ニ行コウト思イマス。」

~ツモリダは、実現の意志があり、準備もある程度

んでいる状態。

☞「来年日本ニ行クツモリデ、貯金シテイマス。」

~ルは、実現間近の予定を表す。

☞「アシタノ三時ノ飛行機デ、日本へ行キマス。」

しっかり
勉強しま
しょう。

44

チャレンジ ●●

練習

カラ
ト
シ
～ヨウト思ウ

を使って例文を作ってください。

作文課題

「私の趣味」というテーマで作文を書いてみましょう。

応用課題

「私の好きなこと」
「私の日曜日

というテーマで、作文を書いてみましょう。

テーマ3　『自己紹介』

学習事項

1. **テンス・アスペクト（3）**
2. **引用のト**
3. **接続助詞トキとト**
4. **推測のダロウ**
5. **授受表現**

▶ 作文例

1　僕は、来福と言います。英語の名前は Life で、日本語の
名前はライフです。僕は男の子です。白と黒の雑種で、もう
すぐハオになります。僕は、1991 年に生まれました。生まれ
た時からずっと野良犬でした。野良犬の時は、いつもお腹が
すいていました。六年前の11月、中山北路を歩いていた時、
吉田先生が拾ってくれました。

2　吉田先生は、いつも「私は美人だ。」と言います。吉田先生
からはいつもビールと煙草と本の匂いがするから、多分人
間の「美人」というのは、ビールと煙草と本が好きな人のこと
でしょう。吉田先生は、僕のことを「ライフちゃん」と呼びます。

46

僕の家には、もう一匹メリーちゃん<u>と言う</u>三才半の女の子が
いっぴき　　　　　　　　　　2-(2)

います。中国語の名前は美麗で、英語の名前はMerryです。茶
　　　　　　　　　　　　　　　　　　　　　　　　　　　ちゃ

色と白のかわいい犬です。僕はいつもメリーちゃんに犬語を
　　　　　　　　　　　　　　　　　　　　　　　　　　いぬ ご

教え<u>てあげます</u>。
　　5

3　僕は日本語がわかります。日本語の中で一番好きなことば
は、「お散歩」です。僕とメリーちゃんは、吉田先生に一日に
三回お散歩に連れていっ<u>てもらいます</u>。その次に好きなこと
　　　　　　つ　　　　5
ばは、「ご飯」です。僕は骨付きの豚肉が一番好きです。一番
　　　　　　　　　　　　ほね つ　　ぶた にく
嫌いなことばは「お風呂」です。吉田先生が「お風呂」<u>と言う</u>
　　　　　　　　　ふ ろ　　　　　　　　　　　　　　2-(1)
<u>と</u>、僕は椅子の下に隠れます。
3-(2)　　　いす　　かく

4　僕たちは、吉田先生と同じ部屋に<u>住ん</u>でいます。吉田先生
　　　　　　　　　　　　　　　　へ や　1-(3)
が<u>いない時</u>は、僕たちはいつも部屋で留守番をします。僕の
3-(1)　　　　　　　　　　　　　　る す ばん
家には庭がありません。だから戸外でもっと自由に走り回り
　　　にわ　　　　　　　　　こ がい　　　 じ ゆう　　まわ
たいです。だから、吉田先生にはもっとたくさんお金を儲け
　　　　　　　　　　　　　　　　　　　　　　　もう
て、早く庭付きの家を買って欲しい<u>と思います</u>。
　　　にわ つ　　　　　　　　　2-(1)

作文の構成

第1段落：自分の来歴、名前の由来、生い立ちのこと、等。
　　　　　　　らいれき　　　ゆらい　お　た

第2段落：自分の家族のこと。

第3段落：自分の好きなこと、普段の生活、等。
　　　　　　　　　　　　　　ふ だん

第4段落：現在の問題、希望、等。
　　　　　　　　もんだい　きぼう

▶ 作文に必要な文法事項

1．テンス・アスペクト

（1）過去の一回限りの出来事の叙述には過去形を用いる。
（→テーマ1）

> 例 ☞「僕は、1991年に生まれました。」
> ☞「野良犬の時は、いつもお腹がすいていました。」
> ☞「六年前の11月、中山北路を歩いていた時に、吉田先生
> が拾ってくれました。」

（2）「ある過去の時点からずっと」という時は、過去形を用いる。
（→テーマ2）

> 例 ☞「生まれた時からずっと野良犬でした。」

（3）「住む」「結婚する」など、状態性の動詞にはテイルを用いる。
（→テーマ1）

> 例 ☞「僕たちは、吉田先生と同じ部屋に住んでいます。」

（4）未来のことは、現在形を用いる。

> 例 ☞「もうすぐ八才になります。」

（5）現在の習慣を表す時は、現在形を用いる。

> 例 ☞「吉田先生からはいつもビールと煙草と本の匂いがする
> から……」

2．引用のト

（1）～ト言ウ／聞ク／書ク／読ム、等（言語活動を示す動詞）、
～ト思ウ／考エル、等（思考活動を示す動詞）

> 言語・思考の内容 ト言イマス／思イマス、等々
> （トは英語の that に相当）

身近な題材で
気楽に書いてみよう

 ☞「吉田先生はいつも『私は美人だ。』と言います。」

☞「吉田先生が『お風呂』と言うと、僕は椅子の下に隠れ
　ます。」

☞「吉田先生にはもっとたくさんお金を儲けて、早く庭付
　きの家を買って欲しいと思います。」

☞「吉田先生は、僕のことを『ライフちゃん』と呼びます。」

☞「私ノ名前ハ、吉田ト書イテ、ヨシダト読ミマス。」

> **cf** 但し「私ハ彼ニお礼ヲ言イマシタ」「私ハ故郷ノ母ノコトヲ思イ
> マス」の場合には、ヲを用いる。「オ礼」「母ノコト」は言語や
> 思考の内容でなく、テーマだからである。
> 「ライフチャンヲ呼ビマス」と「ライフチャント呼ビマス」の
> 違いは？

（２）　未知のもの　＋ト：未知のものの名前を引用する時。

 ☞「僕は来福と言います。」

☞「僕の家には、もう一匹メリーちゃんと言う三才半の女
　の子がいます。」

> **cf** 「田中サンガ来マシタ」と「田中サント言ウ人ガ来マシタ」の違
> いは？

（３）ことばの意味・定義は「　名詞　ト（イウノ）ハ　名詞　ノコトダ」。

 ☞「多分、人間の『美人』というのは、ビールと煙草と本
　が好きな人のことでしょう。」

☞「『留学生』ト（言ウノ）ハ、外国ニ行ッテ勉強スル学生
　ノコトデス。」

> **cf** 「朝ゴ飯ハ、何デスカ。」（朝ご飯のメニューを質問）
> 「朝ゴ飯トハ、何デスカ。」（「朝ご飯」のことばの意味を質問）

3．副詞節を作る接続助詞

（1）トキ

> 活用語普通体、但し名詞現在形＋ノ、ナ形容詞現在形＋ナ ＋ トキ

 ☞「野良犬の時は、いつもお腹がすいていました。」

☞「中山北路を歩いていた時、吉田先生が拾ってくれました。」

☞「吉田先生がいない時は、僕たちはいつも部屋で留守番をします。」

☞「暇ナ時、遊ビニ来テクダサイ。」

> **cf**　「ゴ飯ヲ食ベル時」「ゴ飯ヲ食ベタ時」「ゴ飯ヲ食ベテイル時」の違いに注意。
>
> 例 ☞「ゴ飯ヲ食ベル時、『イタダキマス』ト言イマス。」
> ☞「ゴ飯ヲ食ベタ時、『ゴチソウサマ』ト言イマス。」
> ☞「ゴ飯ヲ食ベテイル時、騒イデハイケマセン。」

（2）ト（→テーマ2）

> A ト B ：Aの発生はBの発生の条件。Aの後必ずBが発生。

 ☞「吉田先生が『お風呂』と言うと、僕は椅子の下に隠れます。」

> **cf**　トキの前件と後件が偶発的な関係を表すのに対し、トの前件と後件は恒常的・反復的な関係を持つ。
>
> 例 ☞「私ハ日本ヘ行ク時、オ土産ヲ買イマス。」
> 　（一回だけのこと）
> ☞「私ハ日本ヘ行クト、オ土産ヲ買イマス。」
> 　（日本ヘ行ク時はいつも）

4．推測の文型「タブン～ダロウ」（→文体について）

> 活用語普通体、但し現在形のナ形容詞と名詞は語幹 ＋ダロウ

例 ☞「多分、人間の『美人』というのは、ビールと煙草と本が好きな人のことでしょう。」

☞「夏休ミ、彼ハ多分家ニ帰ルデショウ。」

5. 授受動詞　〜テアゲル、〜テクレル、〜テモラウ

動詞テ形 ＋アゲル（ヤル、サシアゲル）、クレル（クダサル）、
モラウ（イタダク）

（1）〜テアゲル：行為者(こういしゃ)の行為が行為を受ける者にとって有難い(ありがた)場合に使う。

例 ☞「僕はいつも、メリーちゃんに犬語を教えてあげます。」

cf 但し、行為を受ける者が行為者よりも目上の場合は、テアゲルを使うのは好ましくない。目上の人に対して恩着せがましく響くからである。
例 ×「先生、カバンを持ってあげます。」
〇「先生、カバンをお持ちします。」

（2）〜テクレル：他人の行為が自分（乃至は自分の側(がわ)の者(もの)）にとって有難い(ありがた)場合に使う。逆(ぎゃく)に、〜テクレナイは、相手が行為をしないので相手を恨む(うら)気持の時に使う。

例 ☞「六年前の11月、中山北路を歩いていた時、吉田先生が拾ってくれました。」

☞「彼ハケチデ、チリ紙(がみ)モ貸(か)シテクレナイ。」

（3）人 ニ 動詞 テモラウ：請 人 做 動作

例 ☞「僕とメリーちゃんは、吉田先生に一日に三回お散歩に連れていってもらいます。」

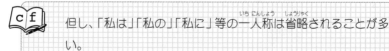

cf 但し、「私は」「私の」「私に」等の一人称(いちにんしょう)は省略(しょうりゃく)されることが多い。

身近な題材で気楽に書いてみよう

チャレンジ •

✍練習

1. トキ
 ト
 ～トハ～ノコトダ
 タブン～ダロウ ⎫ を使って例文を作ってください。

2. 次の動詞を、適当な授受動詞に変えてください。必要がなけれ
ば変えなくてもいいです。

①手を上げました。でも、バスの運転手（うんてんしゅ）は（停（と）まりませんでした）。

②私は、日曜日に妹に数学（すうがく）を（教えました）。

③私は、高校（こうこう）で学生に日本語を（教えています）。

④毎朝（まいあさ）、母は私を（起（お）こします）。

⑤あなたは、奥（おく）さんの家事（かじ）を（手伝（てつだ）います）か？

　－－－－はい、（手伝います）。

⑥あなたのご主人（しゅじん）は、家事を（手伝います）か？

　－－－－いいえ、主人は（手伝いません）。

⑦あなたは、ご主人に家事を（手伝います）か？

　－－－－はい、（手伝います）。

⑧陳（ちん）さんの引（ひ）っ越（こ）しを（手伝いました）。

⑨陳さんは引っ越しを（手伝いました）。

⑩陳さんに引っ越しを（手伝いました）。

⑪先生に論文（ろんぶん）を（見ました）。

⑫先生は論文を（見ました）。

✍ 作文課題

「自己紹介_{じ こしょうかい}」というテーマで作文を書いてみましょう。

✍ 応用課題

「私の友達」
「私の尊敬_{そんけい}する人」 ┫ というテーマで作文を書いてみましょう。

テーマ4

『私の故郷』

・・

学習事項

1. テ形の用法（2）
2. テンス・アスペクト（4）
3. 逆接を表す接続助詞　ガ、テモ
4. 副助詞　モ
5. 複合助詞　〜ニトッテ
6. その他の文型

▶ 作文例

1　私の故郷は東京です。東京は日本の首都で、日本のほぼ
中心にあります。人口は二千万人くらいいますが、野良犬は
一匹もいません。夏は台北と同じくらい暑いですが、冬は
時々雪が降ります。都心はオフィス街で、美しい服を着たサ
ラリーマンやＯＬたちが忙しく働いていますが、郊外は静か
な住宅街で、緑がたくさんあります。

2　住宅街は、山の手と下町に分かれています。山の手は、お
金持や有名人がたくさん住んでいる高級住宅街ですが、下町
は気さくな人が住んでいる楽しい町です。私の家はお金持で

はありませんが、山の手にあります。静かできれいな所です

がちょっと不便です。電車の駅まで歩いて15分もかかりま

す。商店街まで歩いて10分です。

3 私が子供の頃は、東京は貧しくて汚い町でした。ごみがた

くさんあったし、汚いどぶ川や危険な場所がたくさんありま

した。野良犬もたくさんいたし、まだ乞食もいたし、貧乏で

何日もお風呂に入らない子供もいました。トイレも水洗では

ありませんでした。小さい家に家族が何人も住んでいました。

今、日本はお金持になりました。ごみもないし、乞食も野

良犬も汚い子供もいません。みんな水洗トイレとお風呂のあ

るきれいな家に住んでいるし、車もクーラーも電話も持って

います。日本人が団結して頑張ったおかげです。

4 これからも、東京はどんどん変わります。私は一年に一回

東京に帰りますが、帰るたびに新しい物ができて、新しいビ

ルが建って、新しい事が起きています。そして、東京はだ

んだん人情が少なくなってきました。近所の親切なおじさん

やおばさんも、もう亡くなりました。東京は、私にとって、

もう外国のようです。私はまるで、浦島太郎のようです。で

も、東京がどんなにきれいで便利になっても、私にとっては

子供の頃の東京が私の故郷です。

▶ 作文の構成

第<u>1</u>段落：故郷の一般的紹介。地理、気候、政治的位置等。

第<u>2</u>段落：自分の住んでいる周辺の紹介。いい所と悪い所。今いる
人たち。

第<u>3</u>段落：昔の故郷と今の故郷とどう変化したか。昔と今の比較。

第<u>4</u>段落：自分にとって、故郷とはどんな所か。

▶ 作文に必要な文法事項

1．テ形による接続

（1）並列を示すテ形節（→テーマ1）

例 ☞「東京は日本の首都で、日本のほぼ中心にあります。」

☞「都心はオフィス街で、美しい服を着たサラリーマンや
ＯＬたちが忙しく働いていますが、郊外は静かな住宅
街で、緑がたくさんあります。」

☞「帰るたびに新しい物ができて、新しいビルが建って、
新しい事が起きています。」

（2）手段を示すテ形節

例 ☞「電車の駅まで、歩いて15分もかかります。商店街ま
で、歩いて10分です。」

☞「日本人が団結して頑張ったおかげです。」

2．テンス・アスペクト

（1）現在形

①状態性の述語の現在形は「現在の状態」を表す。

例 ☞「私の故郷は、東京です。」

☞「東京は日本の首都で、日本のほぼ中心にあります。」

☞「人口は二千万人くらいいますが、野良犬は一匹もいま
せん。」

☞「夏は台北と同じくらい暑いですが……」

☞「電車の駅まで歩いて15分もかかります。」

☞「ごみもないし、乞食も野良犬も汚い子供もいません。」

☞「東京は、私にとって、もう外国のようです。」

②動作性の述語の現在形は「恒例的反復的に起こる動作」を表す。（→テーマ1）

例 ☞「冬は時々雪が降ります。」

「私は一年に一回東京に帰りますが……」

③未来を示す副詞を伴う場合、近い未来の予定を表す。

例 ☞「これからも東京はどんどん変わります。」

（2）過去形

①過去を示す副詞を伴う場合、過去に発生した事実を表す。
（→テーマ1）

例 ☞「私が子供の頃は、東京は貧しくて汚い町でした。ごみがたくさんあったし汚いどぶ川や危険な場所がたくさんありました。野良犬もたくさんいたし、まだ乞食もいたし、貧乏で何日もお風呂に入らない子供もいました。トイレも水洗ではありませんでした。小さい家に家族が何人も住んでいました。」

②「もう」「やっと」等の副詞や、現在を示す副詞を伴う場合、動作が完了した結果の現在の状態を表す。

例 ☞「今、日本はお金持になりました。」（現在日本は金持である）

☞「近所の親切なおじさんやおばさんも、もう、亡くなりました。」（おじさんやおばさんが亡くなった結果、今、寂しい）

「1989年、天安門ニ運命ノ春ガ来タ。」（過去の回想）

「ヤット春ガ来タ。」（「春が来る」ことが完了して、今、春である。）

（3）動詞のテイル形

① ┃継続的な動作を表す動詞┃ ＋テイル：現在進行中の動作

（→テーマ3）

例 ☞ 「美しい服を着たサラリーマンやOLたちが忙しく働いていますが……」

☞ 「山の手は、お金持や有名人がたくさん住んでいる高級住宅街ですが、下町は気さくな人が住んでいる楽しい町です。」

☞ 「みんな水洗トイレとお風呂のあるきれいな家に住んでいるし、……」

☞ 「車もクーラーも電話も持っています。」

② ┃動作の結果、主語名詞の形状・様子・位置が変化する動詞┃
＋テイル：動作の結果の状態

例 ☞ 「父ハ、ビールヲ飲ム。」（「飲ム」という行為の結果、主語「父」の様子は変化しない。）

→ 「父ハビールヲ飲ンデイル。」（現在進行形）

☞ 「電気ガツク。」（「ツク」という動きの結果、主語「電気」の様子は変化する。）

→ 「電気ガツイテイル。」（動きの結果の状態）

☞ 「住宅街は、山の手と下町に分かれています。」

☞ 「帰るたびに新しい物ができて、新しいビルが建って、新しい事が起きています。」

3. 逆接を表す接続助詞

（1）ガ

<u>Ａ　ガ　Ｂ</u>（ＡとＢの文体を一致させる→「文体について」）

①対比のガ：前項のＡと後項のＢを対比する。

例 ☞「夏は台北と同じくらい暑いですが、冬は時々雪が降ります。」

☞「都心はオフィス街で、美しい服を着たサラリーマンやＯＬたちが忙しく働いていますが、郊外は静かな住宅街で、緑がたくさんあります。」

☞「山の手は、お金持や有名人がたくさん住んでいる高級住宅街ですが、下町は気さくな人が住んでいる楽しい町です。」

②逆接のガ：前項の内容と後項の内容は、価値が正反対。

例 ☞「私の家はお金持ではありませんが、山の手にあります。」

☞「静かできれいな所ですが、ちょっと不便です。」

③順接のガ：英語の and にあたる。

例 ☞「人口は二千万人くらいいますが、野良犬は一匹もいません。」

☞「私は一年に一回東京に帰りますが、帰るたびに新しい物ができて、新しいビルが建って、新しい事が起きています。」

（2）テモ

①仮定条件のテモ

<u>活用語のテ形</u>　＋モ：即使〜也、仮設〜還是

例 ☞「雨ガ降ッタラ行キマセン。」

☞「（タトエ）雨ガ降ッテモ行キマス。」

「AガB」のAが既に成立していることであるのに対し、「Aテ
モB」のAは未成立の仮定条件を指す。

例 ☞「彼ハ行クガ、私ハ行カナイ。」
　　　（「彼ガ行ク」ことは決定している）

　☞「彼ガ行ッテモ、私ハ行カナイ。」
　　　（「彼ガ行ク」ことは未決定）

②ドンナニ／イクラ〜〜テモ：再怎麼〜也

ドンナニの後は、量や程度を示す副詞が省略されていると
考えられる。

例 ☞「ドンナニ（一生懸命）勉強シテモ、彼ニハカナワナイ。」

　☞「彼ハ、イクラ（タクサン）食ベテモ太ラナイ。」

　☞「でも、東京がどんなにきれいで便利になっても、私に
　　　とっては子供の頃の東京が私の故郷です。」

４．多量を示す助詞モ

数量詞 ＋モ：数量が多いことを示す。

例 ☞「電車の駅まで歩いて15分もかかります。」

　☞「貧乏で何日もお風呂に入らない子供もいました。」

　☞「小さい家に家族が何人も住んでいました。」

５．複合助詞〜ニトッテ

名詞 ニトッテ

例 ☞「東京は、私にとって、もう外国のようです。」

　☞「私にとっては子供の頃の東京が私の故郷です。」

 「AハBニトッテCダ」：Aに対するBの評価はCだ。

　例 ☞「母は私にとって大切な人だ」

　　　（母に対する私の評価は「大切な人」だ）

　「AハBニ対シテCダ」：AがBに対する態度はCだ。従って、A
は必ず人、または人格を持つもの（国家など）。

　例 ☞「母は私に対して厳しい」（母が私に対する態度は厳しい）

6．その他の文型

（1）（マルデ）〜ヨウダ：比喩（ひゆ）の表現

> 活用語普通体（かつようごふつうたい）（但（ただ）しナ形容詞現在形（けいようしげんざいけい）＋ナ、名詞現在形（めいしげんざいけい）＋ノ）
> ＋ヨウダ

 ☞「私はまるで、浦島太郎（うらしまたろう）のようです。」

☞「東京は、私にとって、もう外国のようです。」

> cf ヨウは形式形容詞であるから、それ自体（じたい）活用を持つ。
> 例☞「彼女ハ、マルデ一週間食ベテイナイヨウナ顔（かお）ヲシテイル。」（ヨウナ＋名詞）
> ☞「子供ハ、マルデ幽霊（ゆうれい）デモ見タヨウニ怯（おび）エテイタ。」（ヨウニ＋動詞／形容詞）

（2）ダンダン〜テキタ：漸漸地（ぜんぜんち）〜

> 動詞テ形（どうしてけい）　＋テキタ

 ☞「東京はだんだん人情が少なくなってきました。」

> cf 〜テキタは過去から現在への変化、〜テイクは現在から未来への変化。
> 例☞「ダンダン寒クナッテキマシタ。」
> 　（過去から現在への変化）
> ☞「コレカラダンダン寒クナッテイキマス。」
> 　（現在から未来への変化）（→テーマ19）

（3）〜オカゲダ：托〜的福

> 活用語普通体（但しナ形容詞現在形＋ナ、名詞現在形＋ノ）　＋
> オカゲダ

例☞「日本人が団結して頑張ったおかげです。」

☞「安心シテ仕事ガデキルノモ、妻ガ元気ナオカゲデス。」

☞「仕事ノ能率ガ上ガッタノハ、コンピューターノオカゲダ。」

オカゲは形式名詞であり、副詞節を作ることができる。
例 ☞ 「先生ノオカゲデ、合格デキマシタ。」

（4）〜タビニ：毎次〜

　動詞ル形　＋タビニ

例 ☞ 「帰るたびに新しい物ができて、新しいビルが建って、
　　　新しい事が起きています。」

チャレンジ••

✍練習

1．次のテ形の前項に後項を続け、手段－結果の文を作ってください。
　　①一生懸命勉強して
　　②薬を飲んで
　　③明日早く起きて
　　④母に電話をかけて

2．次の前項に後項を続け、逆接の文を作ってください。
　　①この本は高いが
　　②彼は親切だが
　　③今日は天気がいいが
　　④魚は嫌いだが

3．「我講過好幾次。」「他吃過四碗那麼多。」を翻訳してください。

4．次の（　　）に、ニトッテまたはニ対シテを入れてください。
　　①あの先生は、私たちのクラス（　　　　　　　　　　）親切だ。
　　②この本は、私（　　　　　　　　　）難しい。
　　③先輩（　　　　　　　　）そんな失礼なことを言ってはい
　　けない。

④故宮博物院の宝物は、中国人（　　　　　　　　　　　）歴史の
財産だ。

⑤彼の態度は、私（　　　　　　　　　　　）腹が立つ。

5．ドンナニ～～テモ
　ダンダン～テキタ
　マルデ～ヨウダ　　　　　を使って、例文を作ってください。
　～オカゲデ
　～タビニ

✍ 作文課題

「私の故郷」というテーマで作文を書いてみましょう。

✍ 応用課題

「私の好きな所」
「台湾の名所」　　　というテーマで作文を書いてみましょう。

身近な題材で
気楽に書いてみよう

テーマ5 『外国人に自国の習慣を紹介する』

....

学習事項

1. テンス・アスペクト（5）
2. 許可・禁止・義務を表す文型
3. 動作主不特定の受け身
4. 接続助詞 ト、ヨウニ
5. その他の文末の文型
6. 見エルと見ラレル

▶ 作文例

「日本のゴミ回収」

1　ゴミの処理の仕方は、文明国のバロメーターと言われます。
日本人は集団意識が強いから、ゴミの捨て方の規則を守らな
いと、嫌われます。

2　まず、台湾では地区によってはゴミを分けなくてもいいで
すが、日本ではゴミを必ず分けなければなりません。また、燃
えるゴミの回収日と、燃えないゴミの回収日が違います。私
の地区では、燃えるゴミは月曜日と水曜日と金曜日、燃えな

いゴミは火曜日と木曜日、電池は第一木曜日、灰は第三木曜日です。壊れた家具などの粗大ゴミは、区役所に電話をして取りに来てもらいます。ゴミの回収の曜日は、地区によって違います。だから引っ越しをするたびに、その地域のゴミの回収日を調べる必要があります。さらに、ゴミは必ず朝の六時から九時までの間に一定の場所に出さなくてはいけません。前の日に出してはなりません。

3　ゴミの袋は、必ず指定の袋を使わなければいけません。袋の大きさも、色も同じでなくてはなりません。台湾ではスーパーの袋を使ってもいいですが、日本では指定の袋以外は使ってはいけません。中の物がよく見えるように、ある地区では、透明な袋を使うことになりました。またある地区では、袋に名前を書いてゴミを出すことになったそうです。ゴミの袋は必ず口を縛らなければなりません。古新聞も必ず縛らなければなりません。当番の人はゴミの回収車が去った後、必ず掃除をして水を撒きます。

4　以上の規則を一つでも守らないと、悪口を言われます。また、祭日やお正月の一週間はゴミの車が来ません。だから、連休やお正月が終わると、あちこちにゴミの山が見られます。「日本はゴミがなくてきれいだ」とよく言われますが、実は日本人はこんなに苦労しているのです。

　台北市でも、数年前からゴミを分別するようになりました。分別の種類は、日本より多いようです。これから台北市民も、ゴミの分別には苦労しそうです。

▶ 作文の構成

第1段落：テーマの紹介

第2段落：具体的な規則や習慣の紹介（1）

第3段落：具体的な規則や習慣の紹介（2）

第4段落：このような習慣の意味

▶ 作文に必要な文法事項

1．テンス・アスペクト

この文章のほとんどが現在形であることに注意。現在の恒例的・習慣的行為は現在形を用いる。（→**テーマ1**）

例 ☞「壊れた家具などの粗大ゴミは、区役所に電話をして取りに来てもらいます。」

☞「当番の人はゴミの回収車が去った後、必ず掃除をして水を撒きます。」

☞「だから、連休やお正月が明けた日は、路上にゴミの山が見られます。」

2．許可・禁止・義務を表す文型

（1）〜テモイイ（許可）、〜テハイケナイ／テハナラナイ（禁止）

活用語テ形　＋　｛ モイイ／モカマワナイ
　　　　　　　　　ハイケナイ／ハナラナイ

例 ☞「台湾ではスーパーの袋を使ってもいいですが、日本では指定の袋以外は使ってはいけません。」

☞「前の日に出してはなりません。」

（2）〜ナクテモイイ（不必要）、〜ナクテハイケナイ／ナケレバナラナイ（義務）

活用語ナイ形　＋　｛ ナクテモイイ
　　　　　　　　　　ナクテハイケナイ／ナケレバナラナイ

> **例** ☞「まず、台湾ではゴミを分けなくてもいいですが、日本
> ではゴミを必ず分けなければなりません。」
> ☞「さらに、ゴミは必ず朝の六時から九時までの間に一定
> の場所に出さなくてはいけません。」
> ☞「ゴミの袋は、必ず指定の袋を使わなければいけませ
> ん。」
> ☞「袋の大きさも、色も同じでなくてはなりません。」
> ☞「ゴミの袋は必ず口を縛らなければなりません。|
> ☞「古新聞も必ず縛らなければなりません。」

（３）〜必要ガアル

> 動詞ル形・名詞＋ノ ＋必要ガアル

> **例** ☞「だから引っ越しをするたびに、その地域のゴミの回収
> 日を調べる必要があります。」
> ☞「コノ件ニ関シテハ、サラニ調査ノ必要ガアル。」

３. 動作主不特定の受け身

動作主が不特定の場合は、二格の動作主を省略することが多い。

> **例** ☞「コノ本ハ、日本デヨク（日本人ニ）読マレテイマス。」
> ☞「『時ハ金ナリ』ト、ヨク（ミンナニ）言ワレル。」
> ☞「ゴミの処理の仕方は、文明国のバロメーターと（みん
> なに）言われます。」
> ☞「日本人は集団意識が強いから、ゴミの捨て方の規則を
> 守らないと、（日本人に）嫌われます。」
> ☞「以上の規則を一つでも守らないと、（みんなに）悪口
> を言われます。」
> ☞「『日本はゴミがなくてきれいだ』とよく（みんなに）言
> われますが……」

4. 接続助詞

（1）〜ト（→テーマ2）

　　　A ト B ：事態Aが起こると恒常的に事態Bが続いて起こる。

　　　例 ☞「だから、連休やお正月が終わると、あちこちにゴミの
　　　　　　山が見られます。」

Aが普通体否定形（〜ナイ）の場合、後続するBはよくない事態
が多い。

　　　例 ☞「……ゴミの捨て方の規則を守らないと、嫌われます。」
　　　　　☞「以上の規則を一つでも守らないと、悪口を言われま
　　　　　　す。」

（2）〜ヨウニ

　　　A ヨウニ B ：Aは願望の内容、Bは願望を実現するた
　　　　　　　　　　めの行為。

Aは、動詞普通体現在形肯定形・否定形。Aは、無意志的動作。

　　　例 ☞「中の物がよく見えるように、ある地区では、透明な袋
　　　　　　を使うことになりました。」

cf 「A タメニ B 」のAは意図的な目的の内容を表すが、「A ヨ
ウニ B 」のAは祈願の内容を表す。従って、タメニのAは意
志的動作で、Aの主語とBの主語は同じである。ヨウニのAは
無意志的動作で、AとBの主語は違ってもいい。

無意志的動作：可能動詞、受け身動詞、動詞否定形、話者以外
　　　　　　　の動作

　　例 ☞「ドウカ父ガ早ク帰ッテキマスヨウニ。」
　　　　　（神への祈願文）
　　　☞「父ガ早ク帰ッテクルヨウニ、神様ニオ祈リシタ。」
　　　　　（Aの主語は「父」、Bの主語は「私」）
　　　☞「父ニ早ク帰ッテキテモラウタメニ、説得シニ行ッタ。」
　　　　　（Aは意志的動作。AもBも主語は「私」）
　　　☞「来年日本へ行ケルヨウニ、貯金シテイル。」
　　　　　（Aは可能動詞）

☞「来年日本へ行クタメ二、貯金シテイル。」

（Aは意志的動作）

☞「先生二誉メラレルヨウニ、一生懸命勉強シタ。」

（Aは受け身動詞）

☞「奨学金ヲ取ルタメ二、一生懸命勉強シタ。」

（Aは意志的動作）

☞「転バナイヨウニ、気ヲツケテ歩キナサイ。」

（Aは動詞否定形）

5．その他の文末の文型

（1）ソウダとヨウダ

①ソウダ

A：　活用語普通体　＋ソウダ：根拠のある伝聞

例 ☞「またある地区では、袋に名前を書いてゴミを出すことになったそうです。」

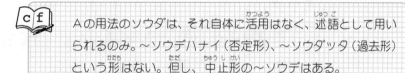

cf　Aの用法のソウダは、それ自体に活用はなく、述語として用いられるのみ。～ソウデハナイ（否定形）、～ソウダッタ（過去形）という形はない。但し、中止形の～ソウデはある。

例 ☞「息子サンガ合格ナサッタソウデ、オメデトウゴザイマス。」

B：　静態動詞マス型、イ形容詞・ナ形容詞語幹　＋ソウダ

（→テーマ9）：様子を見る、声を聞くなど、五感を通して本質を予想する。

例 ☞「コノケーキハオイシソウダ。」

☞「アノ人ハオ金ガアリソウダ。」

☞「家族ハミンナ、元気ソウダ。」

| 動態動詞マス型 | ＋ソウダ：快要～

 ☞「雨ガ降リソウダ。」

☞「アノ子ハ泣キソウダ。」

☞「これから台北市民も、ゴミの分別には苦労しそうで
す。」

> cf Bの用法ソウダは、形式ナ形容詞なので活用があり、～ソウデ
> ハナイ（否定形）、～ソウダッタ（過去形）という形もある。ま
> た、～ソウナ、～ソウ二という形もある。
>
> 例 ☞「雨が降りそうだったから、ハイキングは中止した。」
> ☞「合格しても、彼は何だかあまりうれしそうじゃない。」
> ☞「家族の元気そうな顔を見て、安心した。」
> しかし、動詞＋ソウダの否定形は、～ソウモナイ／～ソウ二ナイ。
> 例 ☞「当分、雨は降りそうもない。」
> ☞「もう9時だ。お客はもう来そうにない。」

②ヨウダ

| 活用語普通体、但しナ形容詞現在形＋ナ、名詞現在形＋ノ
＋ヨウダ：話者が思考し判断した推測

 ☞「電気ガ消エテイマス。先生ハモウ帰ッタヨウデス。」

☞「アノ人ハ日本語ガ下手ダ。ドウヤラ外国人ノヨウダ。」

☞「分別の種類は、日本より多いようです。」

> cf ヨウダは形式ナ形容詞なので活用があり、～ヨウダッタという
> 過去形もある。しかし、否定形は、～ナイヨウダ。また、～ミ
> タイは～ヨウダの口語。
>
> 例 ☞「あの時、先生はもう帰ったようだった。」
> このほか、比喩の用法もある。（→テーマ8）

（２）動作主不特定の決定を示す　～コトニナッタ

動詞普通体現在形肯定形・否定形（決定された事項）　＋コトニナッタ：決定者が明確に意識されないまま、決定事項だけを述べる言い方。

　☞「中の物がよく見えるように、ある地区では、透明な袋を使うことになりました。」

☞「またある地区では、袋に名前を書いてゴミを出すことになったそうです。」

> ～コトニナルは、ある事態から必然的に予想される事態を表す。
>
> 例 ☞「今日ノ夜成田ヲ出発スルト、明日ノ朝アメリカニ着クコトニナル。」
>
> また、～コトニスル、～コトニシタは決定責任者を明確にした言い方。
>
> 例 ☞「またある地区では、袋に名前を書いてゴミを出すことにしました。」
> （決定責任者は「地区の人々」）

（３）変化を表す　～ヨウニナッタ

動詞普通体現在形肯定形・否定形（変化後の事態）　＋ヨウニナッタ：習慣・能力・制度の変化を表す。

　☞「子供ガ歩ケルヨウニナリマシタ。」（能力の変化。動詞は可能形を用いる。）

☞「彼ハコノ頃、勉強スルヨウニナッタ。」（習慣の変化）

☞「台北市でも、数年前からゴミを分別するようになりました。」（制度の変化）

> 形容詞や名詞にナルをつける場合は、～クナル（イ形容詞）、～ニナル（ナ形容詞・名詞）。
>
> 例 ☞「寒くなりましたね。」
>
> ☞「彼女はこの頃きれいになった。」

6．見エルと見ラレル

見エルは可能態（かのうたい）、見ラレルは受け身態（うみたいある）或いは可能態（かのうたい）。

見エル：①視覚（しかく）に障害（しょうがい）がない、②視覚対象（たいしょう）に問題がない、③視覚を妨（さまた）げる障害物（しょうがいぶつ）がない、という物理的（ぶつりてきじょうけん）条件があるので見ることが可能（かのう）になる。

例 ☞「老眼鏡（ろうがんきょう）ヲカケルト、小サイ字モヨク見エル。」（視覚に障害がない）

☞「テレビヲ修理（しゅうり）シタカラ、ハッキリ見エル。」（対象に問題がない）

☞「今日ハ雲（くも）ガナイカラ、富士山（ふじさん）ガヨク見エル。」（障害物がない）

☞「中の物がよく見えるように、ある地区では、透明な袋を使うことになりました。」（「透明な袋」により、視覚の障害物が取り除（のぞ）かれる）

見ラレル：対象の存在（そんざい）を可能にする<u>人為的（じんいてき）・社会的条件（しゃかいてきじょうけん）</u>があるので、見ることが可能になる。

例 ☞「試験ニ合格シタカラ、ヤットテレビガ見ラレル。」（可能態。「試験ニ合格」という人為的条件が「テレビを見る」ことを可能にする。）

☞「だから、連休やお正月が終わると、あちこちにゴミの山が見られます。」（受け身態。「連休やお正月が終わる」という社会的条件が「ゴミの山」の存在を可能にする。）

 cf 「聞コエル」は「見エル」に対応（たいおう）する。但し、「見ラレル」に対応するのは、可能態の「聞ケル」と受け身態の「聞カレル」の二種（しゅ）がある。

例 ☞「隣（となり）ノ部屋カラ、彼ノ声（こえ）ガ聞コエル。」
（聴覚（ちょうかく）、聴覚対象、障害物のいずれも問題がない状態（じょうたい））

☞「試験ガ終ワッタカラ、ヤットＣＤガ聞ケル。」
（可能態。「試験ガ終ワッタ」という社会的条件が「ＣＤ」を聞くことを可能にする。）

☞「治安ガ悪クナッタカラ、アチコチデ政府批判ガ聞カレル。」
（受け身態。「治安ノ悪化」という社会条件が「政府批判」
の存在を可能にする。）

チャレンジ •

✍ 練習

1. 次の（　　）内の語を、～テモイイ、～テハイケナイ（テハナラ
ナイ）、～ナクテモイイ、～ナクテハイケナイ（ナケレバナラ
イ）の形に変えてください。

　　①明日は試験だから、今日は徹夜で（勉強スルー　　　　　）。

　　②このアパートの大家さんは動物が嫌いです。

　　　犬を（飼ウー　　　　　　　　　）。

　　③仕事が早く終わったら、早めに（帰ルー　　　　　　　）。

　　④卒業は来年だから、急いで仕事を（探スー　　　　　　）。

　　⑤お腹が痛いなら、薬を（飲ムー　　　　　　　　）。

　　⑥風邪を引いたら、外に（出ルー　　　　　　）。

　　⑦博物館の中では、写真を（撮ルー　　　　　　　）。

　　⑧全部食べられないなら、（残スー　　　　　　）。

　　⑨全部食べられないなら、（食ベルー　　　　　　　）。

　　⑩駅までたった50メートルですから、バスに（乗ルー　　　　）。

身近な題材で気楽に書いてみよう

2. ト
　ヨウニ
　ソウダ
　ラシイ 　　　　　　} を使って例文を作ってください。
　ヨウダ
　コトニナッタ
　ヨウニナッタ

3. 次の（　　）に、見エル、見ラレル、聞コエル、聞ケル、聞カレル
　のどれかを適当に活用させて入れてください。

　　①先生、黒板（こくばん）の字が小さくて（　　　　　　　　）ません。
　　②開演時間（かいえんじかん）に遅（おく）れたため、映画（えいが）が（　　　　　　　）ませんでした。
　　③電話に雑音（ざつおん）が入って、よく（　　　　　　　　）ません。
　　④あの喫茶店（きっさてん）では、いい音楽が（　　　　　　　）。
　　⑤ヘレン・ケラーは、（　　　　　　　）ない、（　　　　　　　）
　　　ない、話せないの三重苦（さんじゅうく）の人だった。
　　⑥このラジオは古すぎて、よく（　　　　　　　）ない。
　　⑦前の席（せき）に大きい人が座ったので、映画がよく（　　　　　　　）
　　　なかった。
　　⑧塾（じゅく）のためか、この頃（ごろ）子供の声（こえ）が（　　　　　　　）なくなった。
　　⑨コピーが擦（す）れていて、よく（　　　　　　　）ない。
　　⑩後（うし）ろの席では、先生の声がよく（　　　　　　　）ない。
　　⑪真っ暗（まっくら）で、何も（　　　　　　　）ない。
　　⑫マイクがないので、講演者（こうえんしゃ）の声がよく（　　　　　　　）ない。
　　⑬「恋（こい）は盲目（もうもく）」と言うが、恋をすると相手（あいて）の欠点（けってん）が（　　　　　　）
　　　なくなる。
　　⑭クリスマスが近いので、街（まち）ではジングルベルの音楽が
　　　（　　　　　　　）。

⑮一万光年の星は、肉眼では（　　　　　　　）ない。

⑯以前、台湾では日本の映画が（　　　　　　　）なかった。

✍ 作文課題

台湾の風俗や習慣、年中行事や日常の規則などを、台湾にいる外国人に説明する文章を書いてみましょう。

> 例　台湾のバスの乗り方、お正月、端午節、中秋節、食事の作法、など。

✍ 応用課題

外国に住んだことのある人は、自国と違う習慣を紹介する文を書いてみましょう。

テーマ6 『どれがいいですか』

学習事項

1. 〜ト思ウ
2. 比較・選択の文型
3. 話者の主張を示す文型　ベキダ
4. 条件節を作る接続助詞　タラ、ト、バ、ナラ
5. 疑問の終助詞カを含む名詞節

問題

「小林さんの進路」

　小林さんは、来年の三月に大学を卒業します。卒業したら何をするか、今迷っています。

　小林さんは、来年英文学科を卒業します。有名大学なので教育環境は非常によく、小林さんの成績も優秀です。英語の勉強も続けたいと思っています。

　小林さんの特技は、写真です。大学の四年間、写真部で活動しました。写真には自信があります。将来の大きな希望は、プロの写真家になることです。

身近な題材で気楽に書いてみよう

　小林さんの家はそれほどお金持ではありませんが、生活は安定しています。

　また、小林さんには同級生のボーイフレンドがいます。優秀で人柄もよく、有名な会社に就職が決まっています。将来は彼と結婚したいと思っています。

　小林さんに対して、五人の人が次のような意見を言いました。

　父　：有名大学を出たのだから、いい会社に就職した方がいい。

　母　：ボーイフレンドがいるのだから、すぐ結婚した方がいい。

先生：成績が優秀なのだから、大学院に進学した方がいい。

先輩：お金があるなら、アメリカに留学した方がいい。

友達：写真家をめざしているなら、もっと写真の勉強をした方がいい。

　さて、小林さんは、誰の意見を受け入れて、将来をどのように設計したらいいでしょうか。

作文例

1 　私は、お母さんの意見が一番いいと思います。小林さんは
お母さんの言うとおり、結婚するのが一番いいです。

2 　現在は不景気だから、女性が会社に入るのは難しいです。
会社に入っても女性はなかなか出世することができません。
出世することができても、結婚したら仕事を続けられるかど
うかわかりません。また、女性が大学院に行くのもよくあり
ません。女性は学歴が高過ぎると、ご主人にかわいがられま
せん。アメリカにも留学しない方がいいです。アメリカに行
けばボーイフレンドと会えないし、ボーイフレンドとそんな
に長い間離れるべきではありません。プロの写真家になるの
は、一番難しいです。成功しても、プロは忙しいから、いつ結
婚できるかわかりません。

3 　結婚は、早ければ早いほどいいです。ボーイフレンドが能力
があってやさしいなら、小林さんは必ず幸せになるでしょう。
女性は、結婚して子供を生むべきです。現代の女性はみんな
独立したがりますが、成功するかどうかは未知です。もし、仕
事や研究をして失敗したら、その時はもう若くありません。
ボーイフレンドは別の人と結婚しているかもしれません。ま
た、年を取った時、子供がいないと寂しいです。

4 　もし、英語を勉強したいなら、アメリカ人の友達を作れば
いいでしょう。アメリカに行きたければ、結婚してからご主
人と一緒に行けばいいでしょう。写真を勉強したいなら、主
婦の仕事をしながら、カルチャーセンターなどに通ったらど
うでしょうか。夢を追うより、現在の幸せを大切にする方が

<u>いい</u>です。そんなに<u>いい</u>ボーイフレンドが<u>いる</u>なら、小林さ
4-(4)-①
んは、卒業してすぐにボーイフレンドと結婚<u>した方がいい</u>と
2-(3)　　　　1-(2)
思います。

▶作文の構成

第①段落：最初に結論を述べる

第②段落：他の選択をするとどのような欠点があるか

第③段落：自分の選択した道はどんな利点があるか

第④段落：自分の選択した道の欠点をどのようにして補うか

▶作文に必要な文法事項

1. 話者の意見　〜ト思ウ

（1）私ハ〜ト思ウ

私ハ　普通体（話者の意見）　ト思ウ

（第三者の意見には使えない）

例 ☞「私は、お母さんの意見が一番いいと思います。」

（2）〜ト思ウ

「ト思ウ」はもともと話者の意見のみを示す文型であるから、「私
ハ」は省略可能。

例 ☞「そんなにいいボーイフレンドがいるなら、小林さん
　　　は、卒業してすぐにボーイフレンドと結婚した方がい
　　　いと思います。」

2. 比較・選択の文型

（1）二つのものを比較選択する文型　〜ヨリ〜方ガイイ

名詞、動詞普通体現在形　＋ヨリ

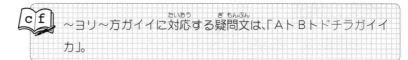

活用語普通体現在形（名詞＋ノ、ナ形容詞＋ナ）　＋方ガイイ

例 ☞「結婚相手ハ、金持ヨリ誠実ナ人ノ方ガイイ。」

☞「子供ハ元気ナ方ガイイ。」

☞「夢を追うより、現在の幸せを大切にする方がいいです。」

> cf　～ヨリ～方ガイイに対応する疑問文は、「ＡトＢトドチラガイイカ」。

（2）多くのものを比較し一つを選択する文型

名詞（節）　＋ガ一番～～

例 ☞「私は、お母さんの意見が一番いいと思います。」

☞「小林さんはお母さんの言うとおり、結婚するのが一番いいです。」

☞「プロの写真家になるのは、一番難しいです。」

> cf　～ガ一番～に対応する疑問文は、「～ノ中デドレガイイカ」。

（3）ある動作をすることを特に勧める助言の文型　～タ方ガイイ

動詞タ形　＋方ガイイ

例 ☞「風邪ヲ引イタ時ハ、早ク病院ヘ行ッタ方ガイイデスヨ。」

☞「小林さんは、卒業してすぐにボーイフレンドと結婚した方がいいと思います。」

（4）ある動作をしないことを特に勧める助言の文型　～ナイ方ガイイ

例 ☞「風邪ヲ引イタ時ハ、外ヘ出ナイ方ガイイデスヨ。」

☞「アメリカにも留学しない方がいいです。」

3．ベキダ

動詞ル形 ＋ベキダ：話者の主張。否定形は～ベキデハナイ。

例 ☞「アナタハ、スグ帰ルベキダ。」

☞「女性は、結婚して子供を生むべきです。」

☞「……ボーイフレンドとそんなに長い間離れるべきでは
ありません。」

 ～ナクテハイケナイは行為者の意志にかかわらず周囲から強制
される行為である。これに対し、～ベキダは「行為者が～する
ことが正しい」と、話者が一方的に主張するものである。

例 ☞「モウ九時ダカラ、私ハ帰ラナクテハナリマセン。」
（行為者「私」の意志にかかわらず、周囲の事情が「帰ル」
ことを強制している。）

☞「モウ九時ダカラ、アナタハ帰ルベキデス。」
（話者は、行為者「アナタ」が「帰ル」ことが正しいと一
方的に主張している。）

4．条件節を作る接続助詞

A タラ／ト／バ／ナラ B 。（AはBの成立する条件）

❶時間的発生条件：(a)Aの成立の後に初めてBが成立する…ト、タ
ラ、バ

(b)AとBは時間的前後関係を持たない…ナラ

❷条件の現実性： (a)Aの成立は既定でも仮定でもよい…ト、タラ、
ナラ

(b)Aの成立は単なる仮定にすぎない…バ

❸語法上の制約： (a)Bの文末表現に制限がない…タラ、ナラ

(b)Bの文末表現に制限がある…ト、バ

❶においては、(a)の方が(b)よりも具体的なはずである。❷におい
ては、(a)の方が(b)よりも便利なはずである。❸においては、(a)の方が
(b)よりも使い易いはずである。よって、タラ、ト、ナラ、バ、の順で
使い易いと言える。

（1）〜タラ

活用語タ形（普通形過去）　＋ラ：Ａが成立した後にＢが成立
する

①最も制限の少ないタラの用法

例 ☞「モシ一千万円アッタラ、世界旅行シマス。」

☞「……結婚したら仕事を続けられるかどうかわかりませ
ん。」

☞「もし、仕事や研究をして失敗したら、その時はもう若
くありません。」

②提案の文型　〜タラドウダロウカ

例 ☞「……主婦の仕事をしながら、カルチャーセンターなど
に通ったらどうでしょうか。」

（2）〜ト：ＡとＢが規則的に継起するトの用法（→テーマ2）

Ａ　ト　Ｂ ：Ａが成立した後、いつも必ずＢが成立する。

Ａの文型は、活用語普通体現在形肯定・否定。

Ｂの文末は命令、禁止、依頼、願望、提案、助言、許可、義務、
勧誘など、話者が聞き手に直接働きかける文型は使えない。

例 ○「夏ニナルト、イツモ泳ギニ行キマス。」

×「夏ニナルト、イツモ泳ギニ来テクダサイ。」（文末が依
頼の文型）

☞「女性は学歴が高過ぎると、ご主人にかわいがられませ
ん。」

☞「また、年を取った時、子供がいないと寂しいです。」

（3）〜バ

①仮定の条件バの用法

動詞・イ形容詞バ形　＋バ

Ａ　バ　Ｂ ：Ａの成立を仮定すると、Ａの成立後Ｂに
なる。

Aの文末が動詞の時、Bの文末は命令、禁止、依頼、願望、提案、助言、許可、義務、勧誘など、話者が聞き手に直接働きかける文型は使えない。

例 ☞「アメリカに行けばボーイフレンドと会えないし……」

○「図書館ニ行ケバ、アノ本ガ借リラレマス。」

×「図書館ニ行ケバ、アノ本ヲ借リナサイ。」（文末が命令の文型）

但し、Aが状態性の述語の場合は、話者の意志や主張を表す文型が使える。

例 ☞「安ケレバ、少シ多メニ買ッテクダサイ。」

「アメリカに行きたければ、結婚してからご主人と一緒に行けばいいでしょう。」

~バと裏腹の意味を持つ接続助詞は、~テモである。

~テモ：Aの成立を仮定しても、Aの成立後Bにならない。

例 ☞「アノ本ハ絶版ダカラ、図書館ニ行ッテモアノ本ガ借リラレマセン。」

☞「会社に入っても女性はなかなか出世することができません。」

☞「出世することができても、結婚したら仕事を続けられるかどうかわかりません。」

☞「成功しても、プロは忙しいから、いつ結婚できるかわかりません。」

また、口語ではバの代わりにタラもよく用いられる。

例 ☞「大きくなったら鯉になる…だけど大きくなってもメダカはメダカ。」（「メダカの兄弟」の歌詞）

---

②成句　~バイイ：只要~就好

例 ☞「風邪ヲ治スノハ、簡単ダ。コノ薬ヲ飲メバイイ。」

☞「英語を勉強したいなら、アメリカ人の友達を作ればいいでしょう。」

☞「アメリカに行きたければ、結婚してからご主人と一緒に行けばいいでしょう。」

③成句　〜バ〜ホドイイ：越〜越好

例 ☞「オ酒ト友達ハ、古ケレバ古イホドイイ。」
　☞「結婚は、早ければ早いほどいいです。」

（4）〜ナラ

①論理的条件（時間関係を示さず論理関係だけを示す条件）のナラ

活用語普通体（但し名詞・ナ形容詞現在形は語幹のみ）
+ナラ

A　ナラ　B：Aの成立を前提すると、Bが成立する。

ナラそのものはもともと時間の前後関係を示さないから、A
とBの時間的前後関係は、Aのテンス・アスペクトにより決定
される

例 ☞「勉強スルナラ、テレビヲ見テモイイ。」
　　（「テレビヲ見ル」のは、「勉強スル」という約束が成立
　　した後。）
　☞「勉強シタナラ、テレビヲ見テモイイ。」
　　（「テレビヲ見ル」のは、「勉強シタ」という事実が成立
　　した後。）
　☞「ボーイフレンドが能力があってやさしいなら、小林さ
　　んは必ず幸せになるでしょう。」
　☞「もし、英語を勉強したいなら、アメリカ人の友達を作
　　ればいいでしょう。」
　☞「写真を勉強したいなら、主婦の仕事をしながら、カル
　　チャーセンターなどに通ったらどうでしょうか。」
　☞「そんなにいいボーイフレンドがいるなら、小林さん
　　は、卒業してすぐにボーイフレンドと結婚した方がい
　　いと思います。」

 〜タラと〜ナラの相違
タラは最も制限が少ないので、ト、バ、ナラの代用が可能であ
る（但し代用した場合は、やや口語的になる）が、次の場合だ

けはタラによる代用は不可。

例 ☞「食事ヲシタラ、イイ所ヘゴ案内シマスヨ。」

　　（「イイ所ヘゴ案内スル」は、食事の後の行為）

　☞「食事ヲスルナラ、イイ所ヘゴ案内シマスヨ。」

　　（「イイ所ヘゴ案内スル」は、食事を前提した行為。つま

　　り「いいレストランへご案内する」こと。）

　☞「飲ンダラ乗ルナ、乗ルナラ飲ムナ。」

　　（酒後不開車、要開車不喝酒）

②成句　〜ナラ〜

　例 ☞「電気製品ヲ買ウナラ秋葉原ガイイ。」

　　→「電気製品ナラ秋葉原ダ」

５．疑問の終助詞カを含む名詞節

カ節： 活用語普通体 ＋カ

但し、名詞・ナ形容詞現在形のダは省略可能。

　例 ☞「彼ハ教師（ダ）カドウ（ダ）カ」

　☞「ドノ人ガ林サン（ダ）カ」

（１）疑問詞を含まないカ節

　　 カ節 ＋ドウカ

もともとカ節は名詞節であるから名詞や名詞句と同様に扱われる
が、名詞節に伴う助詞は省略することができる。

　例 ☞「彼ハ、私ガアメリカニ行クコトヲ知リマセン。」（普通
　　の名詞節）

　☞「彼ハ、私ガアメリカニ行クカドウカ（ヲ）知リマセン。」
　　（カ名詞節）

　☞「結婚したら仕事を続けられるかどうかわかりません。」

　☞「現代の女性はみんな独立したがりますが、成功するか
　　どうかは未知です。」

（2）疑問詞を含むカ節

> 疑問詞ヲ含ム節 ＋カ

疑問詞：イツ、ドコ、何、誰、ドレ、ドノ、ドチラ、イクツ、
イクラ、ドウ、ドノクライ、ドノヨウニ、ドウシテ、
ナゼ、等の疑問詞、何時・何人等の疑問数詞

（1）と同様、名詞節に伴う助詞は省略することができる。

例 ☞「明日ノ試験ノ時間ヲ、先生ニ聞イテミマス。」
（普通の名詞）

☞「明日何時ニ試験ガアルカ（ヲ）、先生ニ聞イテミマス。」
（カ名詞節）

☞「成功しても、プロは忙しいから、いつ結婚できるかわ
かりません。」

チャレンジ・・・・・・・・・・・・・・・・・・・・・・・・・・・・・・・・・・・

✎ 練習

1. 私ハ～ト思ウ
～ル方ガイイ
～タ方ガイイ
～ガ一番～
～ハズダ
～ベキダ
～カドウカ
～カ

} を使って例文を作ってください。

2. 次の条件節に続く後件を書いてください。

①私と結婚したら、

②私と結婚すると、

③私と結婚すれば、

④私と結婚するなら、

⑤授業に出たら、

⑥授業に出ると、

⑦授業に出ないと、

⑧授業に出れば、

⑨授業に出るなら、

✍ 作文課題

冒頭の文を読み、小林さんが卒業後にどうしたらいいか、あなたの意見を書いてみましょう。

✍ 応用課題

あなたは卒業後の進路をどう考えていますか。いろいろな可能性を考えて作文を書いてみましょう。

身近な題材で
気楽に書いてみよう

テーマ7 『 今_{いま}までで一番_{いちばん} ～ た こ と 』

学習事項

1. テンス・アスペクト（6）― 過去形_{かこけい}の用法_{ようほう}
2. 事態_{じたい}に対_{たい}する話者_{わしゃ}の捉_{とら}え方_{かた}を示_{しめ}す文末表現_{ぶんまつひょうげん}
3. ノダ文_{ぶん}
4. 条件_{じょうけん}・因果_{いんが}・逆接_{ぎゃくせつ}を示す接続助詞_{せつぞくじょし}

▷ 作文例

「今までで一番恐_{こわ}かったこと」

1　僕_{ぼく}は、六年前に吉田_{よしだ}先生に拾_{ひろ}われました。それ以前_{いぜん}は野良_{のら}犬_{いぬ}で、いつもおなかがすいていたし、病気になっても誰も病院へ連れていってくれませんでした。でも、吉田先生に拾われてからは、毎日おいしい物_{もの}も食べられるし、お風呂_{ふろ}にも入れるし、テレビも見られるし、日本語も勉強できるし、楽しい毎日でした。メリーちゃんというかわいい妹もできました。この六年間は、とても幸_{しあわ}せでした。

2　ところが一昨年_{おととし}の秋のことでした。ある日、吉田先生が突然_{とつぜん}僕を病院に連れていきました。僕は病院の檻_{おり}に入れられま

した。吉田先生は一人で家に帰ってしまいました。そこは誰
もいない寂しい部屋でした。僕は、「吉田先生は、夜になった
ら僕を迎えに来てくれるだろう。」と思いました。しかし夜に
なっても、病院の門が閉まっても、吉田先生は僕を迎えに来
てくれませんでした。

3　僕は、絶望しました。僕は捨てられてしまったのだ。僕が病
気だから、吉田先生は僕がもういらないのだ。メリーちゃんの
方がかわいいから、僕がもういらないのだ。僕はまた、野良犬
になるのだ。考えているうちに、とても不安になりました。僕
はどうしても家に帰りたくて、檻の柵を前脚で引っ掻きまし
た。柵は太いパイプだったから、僕の脚は傷ついて血が流れ
ました。僕はそれでも柵を引っ掻きました。ついに柵が壊れま
した。僕は檻から跳び出して、ドアの方に跳んでいきました。
ドアを引っ掻いている時、張先生が来て、びっくりしながら言
いました。「来福、君は家に帰りたかったんだね。君は本当に
忠犬だね。吉田先生は、明日、君を迎えに来るよ。」そして、僕
の脚に薬を塗ってくれました。

4　翌日の午後、吉田先生が来てくれました。僕はうれしくて、
吉田先生に跳びつきました。吉田先生は「ライフちゃんを捨
てたんじゃないわよ。ライフちゃんが病気になったから、一日
だけ入院させたのよ。恐い思いをさせちゃってごめんなさい
ね。」と言いました。ああ、よかった。僕は、捨てられたのでは
なかった。でも、この夜のことは本当に恐かったです。

身近な題材で
気楽に書いてみよう

作文の構成

第1段落：事件の前提となる事情の紹介
第2段落：事件の始まり
第3段落：事件のクライマックス
第4段落：事件の結末

作文に必要な文法事項

1．テンス・アスペクト ― 過去形の用法

（1）過去の一回限りの出来事は、基本的に過去形を用いる（→**テーマ1**）

例 ☞「僕は、六年前に吉田先生に拾われました。」

☞「いつもお腹がすいていたし、病気になっても誰も病院へ連れていってくれませんでした。」

☞「この六年間は、とても幸せでした。」

☞「ある日、吉田先生が突然僕を病院に連れていきました。」

☞「僕はどうしても家に帰りたくて、檻の柵を前脚で引っ掻きました。」

☞「でも、この夜のことは本当に恐かったです。」

☞「ところが、一昨年の秋のことでした。」

> cf 小説などでは、臨場感を出すために、次のような現在形の表現を用いることがある。
> 例「ところが、一昨年の秋のことです。」

（2）ある時間の範囲の出来事を表わす　～デ一番～タ

| 時間の範囲 | デ一番 | 過去形 |

☞「今までで一番恐かったこと」
☞「高校時代ノ三年間デ一番親シクシテイタ友達」

（３）過去のある時点から発話時点まで継続している出来事。

> | 時点Aの動作 | テカラ | 過去形 |

例 ☞「吉田先生に拾われてからは、毎日おいしい物も食べら
　　れるし、お風呂にも入れるし、テレビも見られるし、
　　日本語も勉強できるし、楽しい毎日でした。」

（４）発見のタ

現在のことでも、発見したこと、思い出したことは過去形を用いる。

例 ☞「僕は捨てられたのではなかった。」
　☞「ソウダ、今日ハ妻ノ誕生日ダッタ！」
　☞「財布ガナイ！」「アッ、ココニアッタ！」
　☞「彼ハ、女ダッタノカ！」

２．事態に対する話者の捉え方を示す表現

（１）受け身

普通の受け身：| 被動作対象 | ハ（ガ） | 動作主 | ニ | 動詞受動形 |

例 ☞「暴漢ガ大統領ノ官邸ヲ襲ッタ。」→「大統領ノ官邸ガ
　　暴漢ニ襲ワレタ。」
　☞「僕は、六年前に吉田先生に拾われました。」
　☞「僕は病院の檻の中に入れられました。」

迷惑の受け身：| 被害者 | ハ（ガ） | 加害者 | ニ | 動詞受動形 |

例 ☞「暴漢ガ大統領ノ官邸ヲ襲ッタ。」
　☞→「大統領ハ暴漢ニ官邸ヲ襲ワレタ。」

「雨ガ降リマシタ」：事態
「雨ニ降ラレマシタ」：話者は、この事態を「迷惑」（雨によっ
　　　　　　　　　　て被害を受けた）と捉えている。

例 ☞「僕は捨てられたのではなかった。」

迷惑の受け身は、テシマッタと共によく用いられる。

☞「僕は捨てられてしまったのだ。」

（２）アゲル・クレル・モラウ等の待遇表現

「先生ハ学生ニ日本語ヲ教エマス」：事態

「先生ハ学生ニ日本語ヲ教エテヤリマス」

：話者はこの事態を、「先生が学生に恩恵を与える」と捉えている。

「先生ハ学生ニ日本語ヲ教エテクレマス」

：話者（学生）はこの事態を、「先生が私たちに恩恵を与える」と捉え、感謝している。

「先生ハ学生ニ日本語ヲ教エテクレマセン」

：話者（学生）はこの事態を「先生が不親切だ」と捉え、不満を持っている。

「学生ハ先生ニ日本語ヲ教エテモライマス」

：話者はこの事態を「学生が先生に教えを乞うている」と捉えている。

例 ☞「夜になったら僕を迎えに来てくれるだろう。」

☞「そして、僕の脚に薬を塗ってくれました。」

☞「翌日の午後、吉田先生が来てくれました。」

☞「病気になっても誰も病院へ連れていってくれませんでした。」

☞「吉田先生は僕を迎えに来てくれませんでした。」

（３）〜テシマウ、〜テシマッタ（口語は、〜チャウ、〜チャッタ）

「バスガ行キマシタ」：事態

「バスガ行ッテシマイマシタ」

：話者はこの事態を「困ったこと」と捉えている。

例 ☞「吉田先生は一人で家に帰ってしまいました。」

☞「僕は捨てられてしまったのだ。」

（4）使役

使役： 命令者 ハ（ガ） 動作主 ニ／ヲ 使役動詞

> 例 ☞ 「ライフちゃんが病気になったから、一日だけ入院させたのよ。」

> cf
> 動作主 ＋ニ＋使役動詞：命令者が動作主に行為を許す。
> 動作主 ＋ヲ＋使役動詞：動作主の希望に関わらず命令者が行為を強制する。

引責の使役（～テシマウと共によく用いられる）

話者は、動作主の行為を命令者の責任だと感じている。

「子供ガ死ニマシタ」：事態

「私ハ、子供ヲ死ナセテシマイマシタ」

　：話者はこの事態を、「子供が死んだのは自分の責任だ」と捉えている。

> 例 ☞ 「恐い思いをさせちゃって、ごめんなさいね。」

３．ノダ文（口語は～ンダ）

活用語普通体（但し、ナ形容詞・名詞の現在形＋ナ）　＋ノダ

（会話で、男ことばは～ンダ、女ことばは～ノ。）

ノダの基本的な用法：先行現象について、聞き手の知らない背後の事情を説明する。

～ノカ：先行現象について、背後の事情が～であるかどうかを質問する。

> 例 ☞ 「（友達が指輪をしているのを見て）結婚シタンデスカ。」

> cf
> 「結婚シマシタカ」は、単に結婚の事実の有無を聞いている。
> 「結婚シタンデスカ」は、指輪をしている理由を聞いている。

身近な題材で気楽に書いてみよう

〜ノダ：先行現象について、背後の事情が〜である。

☞「（友達が指輪をしているのを見て）結婚シタンデスカ。」

☞「イイエ、父ニ買ッテモラッタンデス。」

「父ニ買ッテモライマシタ。」との違いは？

☞「僕は捨てられてしまったのだ。」
☞「僕が病気だから、吉田先生は僕がもういらないのだ。」

☞「メリーちゃんの方がかわいいから、僕がもういらないのだ。」
☞「僕はまた、野良犬になるのだ。」
☞「来福、君は家に帰りたかったんだね。」
☞「ライフちゃんが病気になったから、一日だけ入院させたのよ。」

〜ノデハナイ：先行現象について、背後の事情は〜ではない。

☞「（友達が指輪をしているのを見て）結婚シタンデスカ。」

☞「イイエ、結婚シタノデハアリマセン。」

「結婚シマセンデシタ。」との違いは？

☞「ライフちゃんを捨てたんじゃないわよ。」
☞「僕は、捨てられたのではなかった。」

〜ノダロウ：先行現象について、背後の事情が〜であると推測する。

☞「（友達が指輪をしているのを見て）アノ人ハ結婚シタノデショウ。」

「アノ人ハ結婚シタデショウ。」との違いは？

4．条件・因果・逆接を表わす接続助詞

（1）〜タラ（→テーマ6）

　　　 A タラ B ：条件。Aが満たされた時、Bが実現する。

　　　例 ☞「私ガイイ大学ニ入ッタラ、母ガ喜ブダロウ。」
　　　　 ☞「吉田先生は、夜になったら僕を迎えに来てくれるだろう。」

（2）〜カラ、〜シ、〜テ：原因・理由

　①〜カラ（→テーマ2）

　　　 A カラ B ：Aは主観的理由。Aが満たされてBが実現した。

　　　例 ☞「私ガイイ大学ニ入ッタカラ、母ガ喜ンダ。」
　　　　 ☞「僕が病気だから、吉田先生は僕がもういらないのだ。」
　　　　 ☞「メリーちゃんの方がかわいいから、僕がもういらないのだ。」
　　　　 ☞「柵は太いパイプだったから、僕の脚は傷ついて血が流れました。」
　　　　 ☞「ライフちゃんが病気になったから、一日だけ入院させたのよ。」

　②〜シ（→テーマ2）

　　　 A シ、 B シ、：理由A、Bを列挙する。帰結が予想される。

　　　例 ☞「私モイイ大学ニ入ッタシ、兄モ結婚シタシ、母ハ喜ンダ。」
　　　　 ☞「それ以前は野良犬で、いつもお腹がすいていたし、病気になっても誰も病院へ連れていってくれませんでした。」
　　　　 ☞「吉田先生に拾われてからは、毎日おいしい物も食べられるし、お風呂にも入れるし、テレビも見られるし、日本語も勉強できるし、楽しい毎日でした。」

③～テ（→**テーマ10**）

　　A　テ　B　：BはAからの自然の帰結。AかBが無意志
　　　　　　　　　　　的動作。

 ☞「私ガイイ大学ニ入ッテ、母ハ喜ンデイル。」

　☞「僕はどうしても家に帰りたくて、檻の柵を前脚で引っ
　　　掻きました。」

　☞「……僕の脚は傷ついて血が流れました。」

　☞「僕はうれしくて、吉田先生に跳びつきました。」

　☞「恐い思いをさせちゃって、ごめんなさいね。」

> c f　次のテ形はAもBも無意志的動作でないから「原因」でなくて
> 「継起」。
> 　例 ☞「僕は檻から跳び出して、ドアの方に跳んでいきました。」
> 　　☞「ドアを引っ掻いている時、張先生が来て、びっくりしな
> 　　　がら言いました。」

（3）～テモ（→**テーマ4**、**テーマ6**）

　　A　テモ　B　：逆接。Aを仮定してもBの事態が実現しない。

　例 ☞「学費ガ高イノデ、私ガイイ大学ニ入ッテモ、母ハ喜バ
　　　ナイダロウ。」

　☞「病気になっても誰も病院へ連れていってくれませんで
　　　した。」

　☞「しかし、夜になっても、病院の門が閉まっても、吉田
　　　先生は僕を迎えに来てくれませんでした。」

チャレンジ ●

✍ 練習

1．次の（　　）内の先行現象に後続するノダの文を作ってください。

① （友達が咳をしているのを見て）

② （授業中喫茶店にいるのを友達に見られて）

③ （美人と一緒に歩いているのを友達に見られて）

④ （友達がパスポートを準備しているのを見て）

⑤ （自分のそばに死体があるのを警察官に見られて）

⑥ （夫が夜遅くなっても帰ってこないので）

⑦ （隣の家がにぎやかなのを聞いて）

⑧ （犬がワンワン吠えているのを聞いて）

⑨ （授業中、学生が席を立つのを見て）

⑩ （いつも貧乏な人が100万円の現金を持っているのを警官に見られて）

2．〜タラ、〜カラ、〜テモを使って、条件・理由・逆接を表す一連の例文を作ってください。

✍ 作文課題

今までで一番楽しかったこと、うれしかったこと、悲しかったこと、恥ずかしかったこと、悔しかったこと、苦しかったこと、恐かったこと、感動したこと、などから一つ選んで作文を書いてみましょう。

✍ 応用課題

「歴史上一番〜たこと」というテーマで作文を書いてみましょう。

身近な題材で
気楽に書いてみよう

テーマ8 『ラブレター』

学習事項

1. 手紙の書き方の簡単な形式
2. 動詞とテンス・アスペクト（7）
3. 比喩表現
4. 形式名詞　ノ

▶ 作文例

「お向かいのトトちゃんから
メリーちゃんへのラブレター」

拝啓
1-(1)

1　桜の花も散って、暖かい季節になりました。あなたは今、何
2-(2)-②　　　　　　　　　　　　　　1-(3)
をして過ごしていらっしゃるでしょうか。
2-(3)-①

2　僕があなたを初めて見たのは二年前、あなたが吉田先生と
　　　　　　　　　　　　　2-(2)-①,4-(1)
一緒に引っ越して来た時でした。その時、あなたはまだ子供
　　　　　　　2-(2)-①
で、吉田先生の胸に抱かれていました。あなたの家の窓か
　　　　　　　　　　2-(4)
ら、時々、おもらしをして吉田先生に叱られて泣いている声
が聞こえました。正直に言って、僕はその時、全然あなたに関
　2-(2)-①
心がありませんでした。僕のご主人はあまり僕をかまってくれ
ないし、毎日毎日が退屈で全然おもしろくなかったのです。
　　　　　　　　　　　　　　　　2-(2)-①

　でも三ヵ月ほど前、散歩をしているあなたに偶然出会った時、僕はびっくりしました。あなたは成長して、体も手足もスラリと伸び、見違えるように美しくなっていたのです。僕は胸がドキドキしました。僕のハートは燃えました。僕はそれから、寝ても醒めてもあなたのことが頭から離れなくなってしまいました。今、僕はあなたの魅力の虜になっています。

３　あなたの金色の毛はきらきらして、まるで絹糸のようです。あなたの瞳はまるでパパイヤの種のように黒くて艶やかです。あなたのかわいい微笑みは楊貴妃もかなわないでしょう。あなたに会ってから、僕の人生は薔薇色になりました。毎日毎日、あなたのことばかり考えています。あなたが一日に三回散歩に出てくるのを待っています。毎日、あなたを一目でも見られれば、僕は一日中幸せなのです。そして、あなたが僕を見て尻尾を振ってくれれば、僕はもう天国に行ったような気持なのです。あなたは、僕の天使です。

４　今、僕はあなたの部屋の窓を見上げています。窓にあなたの影が映るのを待っています。あなたの声が聞こえるのを待っています。

　僕は永遠にあなたを愛し続けます。どうか、僕の気持をわかって、僕と結婚してください。僕は必ずあなたを幸せにします。あなたに、僕のすべてを捧げます。鶏肉も、豚の骨も、牛筋も、すべて捧げます。

　末筆ながら、ライフちゃんによろしく。

敬具

２００×年×月×日　　　　　　　　トト

メリー様

▶作文の構成

第1段落：手紙の冒頭の挨拶（→1）

第2段落：相手の第一印象、自分が相手を好きになったのはいつ頃か
らか。

第3段落：相手を誉める言葉。比喩表現を用いるとよい。

第4段落：結び。自分の要求を書く。

▶作文に必要な文法事項

1．手紙の様式

（1）冒頭と結び（→テーマ20）

「拝啓／謹啓」。返事の場合は「拝復」。この場合は、次に（2）の
時候の挨拶を書き、結びは「敬具」とする。

（2）「拝啓／謹啓」の後に、季節の挨拶を書く。

簡単な時候の挨拶例。（文語調の挨拶は、→テーマ20）

1月「お正月も終わりました。」

2月「寒くて、今にも雪が降りそうですね。」

3月「まだまだ寒い日が続いています。」

4月「桜の花も満開になりました。」

5月「さわやかな風が吹く季節になりました。」

6月「じめじめした毎日ですね。」

7月「そろそろクーラーが欲しい季節ですね。」

8月「夏休みはいかがお過ごしですか。」

9月「楽しかった夏休みも過ぎました。」

10月「さわやかな季節になりました。」

11月「だいぶ寒くなりましたね。」

12月「暮を迎えて、何となく忙しくなりました。」

但し、気候は年によって違うから、その時の天気に合った挨拶を考えること。（例えば、冷夏・暖冬に上のような挨拶を書くのはおかしい。）

（３）時候の挨拶の後に、相手の様子を問う文を書く。

> **例** ☞「あなたは今、何をして過ごしていらっしゃるでしょうか。」
> ☞「皆様、オ変ワリアリマセンデショウカ。」

（４）最後に相手や相手の家族への気遣いを書く。

> **例** ☞「末筆ながら、ライフちゃんによろしく。」
> ☞「時節柄、オ体ヲ大切ニ。」

（５）相手の名前は最後の行頭に書く。自分の名前は日付の後、行末に書く。封筒には、自分の住所と共に名前を必ず書くこと。

２．テンス・アスペクト

（１）動詞現在形
動作を示す動詞の現在形は、「未来の予定」或いは「話者の意志」を表す。（→**テーマ３**）

> **例** ☞「僕は永遠にあなたを愛し続けます。」
> ☞「僕は必ずあなたを幸せにします。」
> ☞「あなたに、僕のすべてを捧げます。」
> ☞「鶏肉も、豚の骨も、牛筋も、すべて捧げます。」

（２）動詞過去形

①過去の動作
動作が完了し、動作の結果が発話時まで残っていない場合は、動作が過去のものであることを表す。（→**テーマ１、３**）

例 ☞「ソノ時、彼ハ眼鏡ヲカケマシタ。」

（過去に「眼鏡をかける」という動作を行なったことを
示す）

☞「僕があなたを初めて見たのは二年前、あなたが吉田先
生と一緒に引っ越して来た時でした。」

☞「あなたの家の窓から、時々、おもらしをして吉田先生
に叱られて泣いている声が聞こえました。」

☞「僕のご主人はあまり僕をかまってくれないし、毎日毎
日が退屈で全然おもしろくなかったのです。」

☞「でも三ヵ月ほど前、散歩をしているあなたに偶然出
会った時、僕はびっくりしました。」

☞「僕は胸がドキドキしました。」

②動作の完了

動作が完了したが、動作の結果が発話時まで残っている場合
（特に動作が完了して間もない時に発話された場合は、発話時
に動作の結果がまだ残っていると考えられる）は、現在の状態
を表すことになる。

例 ☞「タッタ今、彼ハ眼鏡ヲカケマシタ。」

（「眼鏡をかける」という動作の結果がまだ持続してい
る＝眼鏡をかけている状態）

☞「桜の花も散って、暖かい季節になりました。」

☞「僕のハートは燃えました。」

☞「僕はそれから、寝ても醒めてもあなたのことが頭から
離れなくなってしまいました。」

☞「あなたに会ってから、僕の人生は薔薇色になりまし
た。」

（3）テイル（→テーマ3、4）

変化動詞：動作・作用の結果、動作・作用の主体が変化するもの

例 ☞「来る」「死ぬ」

無変化動詞：動作・作用の結果、動作・作用の主体が変化しな
　　　　　いもの

　例 ☞ 「読む」「食べる」

①動作・事態の進行状態

　無変化動詞＋テイル：動作の進行状態。動作・事態が発生し
　　　　　　　　　　　ている時間と発話時間が同時。但し、
　　　　　　　　　　　継続性のある動詞に限る。

　例 ☞ 「彼ハ今、本ヲ読ンデイマス。」
　　 ☞ 「私ハ今、ゴ飯ヲ食ベテイマス。」
　　 ☞ 「あなたは今、何をして過ごしていらっしゃるでしょう
　　　　　か。」
　　 ☞ 「僕は今、あなたの部屋の窓を見上げています。」
　　 ☞ 「窓にあなたの影が映るのを待っています。」
　　 ☞ 「あなたの声が聞こえるのを待っています。」

②動作・事態の結果の持続状態

　変化動詞＋テイル：動作・事態の結果の持続状態。発生した
　　　　　　　　　　動作・事態の結果がまだ持続している時
　　　　　　　　　　に発話された場合。

　例 ☞ 「先生ガ来テイマス。」
　　 ☞ 「コノ魚ハ、死ンデイマス。」
　　 ☞ 「今、僕はあなたの魅力の虜になっています。」

③動作の一定期間の反復

　動作・事態がある一定期間反復され、発話時間がその期間内
　にある場合。

　例 ☞ 「日本文学ノ授業デハ、今学期ハ芥川龍之介ノ作品ヲ
　　　　　読ンデイマス。」
　　 ☞ 「私ノ家族ハ、健康ノタメ、毎日玄米ヲ食ベテイマス。」
　　 ☞ 「彼ハ毎日私ノ家ニ来テイマス。」
　　 ☞ 「アフリカデハ毎日、タクサンノ人ガ死ンデイマス。」

身近な題材で気楽に書いてみよう

☞「毎日毎日、あなたのことばかり考えています。」

☞「あなたが一日に三回散歩に出てくるのを待っています。」

（４）テイタ

（３）の諸動作・諸事態が、発生よりずっと後に発話された場合。事態の観察者が動作・事態を認識した時点を示す副詞（節）を伴う。

例 ☞「私ガ家ニ帰ッタ時、彼ハ本ヲ読ンデイマシタ。」

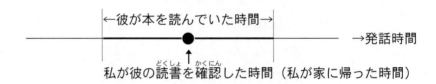

☞「教室ニ入ッタラ、モウ先生ガ来テイマシタ。」

☞「初メテノデートノ時、雪ガ降ッテイマシタ。」

☞「その時、あなたはまだ子供で、吉田先生の胸に抱かれていました。」

☞「あなたは成長して、体も手足もスラリと伸び、見違えるように美しくなっていたのです。」

３．比喩表現

（１）マルデ（アタカモ）〜ヨウダを使った比喩（→テーマ4）

①〜ヨウダ：述語としての用法。

例 ☞「あなたの金色の毛はきらきらして、まるで絹糸のようです。」

②〜ヨウニ：副詞句としての用法。

例 ☞「あなたの瞳はまるでパパイヤの種のように黒くて艶やかです。」

☞「あなたは成長して、体も手足もスラリと伸び、見違え
るように美しくなっていたのです。」

③〜ヨウナ：名詞を修飾する用法。
例 ☞「そして、あなたが僕を見て尻尾を振ってくれれば、僕
はもう天国に行ったような気持なのです。」

（２）〜ヨウダの文型を使わない直接比喩
例 ☞「あなたは、僕の天使です。」（＝僕にとって天使と同じ
です）

（３）高度な比喩
例 ☞「あなたのかわいい微笑みは楊貴妃もかなわないでしょ
う。」（最も極端な例を挙げ、それよりも優れているこ
とを示す）

4．形式名詞　ノ

（１）代名詞のノの用法
例 ☞「私ノカバンハ、ソノ黒イノデス。」
（ノに対応する名詞「カバン」がノの前方にある。）
☞「僕があなたを初めて見たのは二年前、あなたが吉田
先生と一緒に引っ越して来た時でした。」
（ノに対応する名詞「時」がノの後方にある。）

（２）名詞節を作るノの用法
例 ☞「私ハ彼ガピアノヲ弾クノヲ見マシタ。」
（ノは「彼ガピアノヲ弾ク」を名詞化している。）
☞「あなたが一日に三回散歩に出てくるのを待っていま
す。」
☞「窓にあなたの影が映るのを待っています。」
☞「あなたの声が聞こえるのを待っています。」

身近な題材で気楽に書いてみよう

チャレンジ ●

✍️ 練習

1. 次の比喩は、日本語の常套的な比喩です。それぞれ何を意味しているでしょうか。＿＿＿＿＿に適当な名詞を入れてください。

①山のような＿＿＿＿＿　　②玉のような＿＿＿＿＿

③玉を転がすような＿＿＿＿＿　　④雀の巣のような＿＿＿＿＿

⑤餅のような＿＿＿＿＿　　⑥太鼓のような＿＿＿＿＿

⑦目の玉が飛び出るような＿＿＿＿＿

⑧泣く子も黙るような＿＿＿＿＿

2. 〜ヨウダの文型を使って、次の事柄の比喩を作ってください。

①汚い部屋　　②まずい料理

③つまらない小説　　④やさしい微笑み

⑤きれいな景色　　⑥厚化粧の女性

⑦痩せて背が高い人　　⑧ケチな人

⑨難しい試験　　⑩豪華な家

✍️ 作文課題

映画スター、歌手、スポーツ選手、小説中の人物などにラブレターやファンレターを書いてみましょう。

✍️ 応用課題

理想の恋人に、ラブレターを書いてみましょう。

第２部

クイズ感覚で
書いてみよう

テーマ9 『どこが違いますか』

学習事項

1. 対比を表す文
2. 存在を表す文（2）
3. 状態を表す文

問題

　この絵を見てください。左の絵と右の絵は、違う所が10ヵ所あります。さあ、どこが違うでしょうか。

A　　　　　　　　　　　B

▶ 作文のヒント

1. 対比を表す文

（1）AとBとの対比（→**テーマ4**）

| A | ハ | X | ガ、 | B | ハ | Y | 。 |

AとBは対比されるもの、XとYは述語。

例 ☞「日本語は文法が難しいですが、中国語は発音が難しいです。」

（2）AとBとの程度の比較（→**テーマ6**）

① A ハ B ヨリ〜〜

② A ノ方ガ B ヨリ〜〜

①の文型は、Aが話題になっている場合に用いる。

例 ☞「日本語の勉強は、どうですか。」（日本語を話題にしている）

☞「そうですね……日本語は、英語より難しいです。」

②の文型は、AとBが同様の比重で比較される場合に用いる。

例 ☞「日本語と英語と、どちらが難しいですか。」（日本語と英語を、同じ比重で聞いている）

☞「そうですね……日本語の方が英語より難しいですね。」

2. 存在を表す表現の文型

（1）アル、イルを使った文型

場所 ニ （物／動物） ガ 数量 （アル／イル）

例 ☞「この図書館には本がたくさんあります。」
☞「彼の家には子供が大勢います。」

存在・非存在、在宅・不在、所有、財産状態、在庫などを問題にする時はこの文型を用いる。

例 ☞「この世に、本当の愛はあるのか。」（存在・非存在）

☞「恐れ入りますが、吉田さんはいらっしゃいますか。」

（在宅・不在）

☞「私は、兄弟がありません。」（所有）

☞「お金のある人が羨ましい。」（財産）

☞「薔薇の花はありますか。」「はい、ありますよ。」（在庫）

（2）物の存在の具体相を表す言い方

①テアルとテイル

| 物 ガ（ヲ） 動詞テ形 ＋アル／イル |

～テアル：物の準備が完了された状態。

「物の意図的な準備」であるから、主語は「物」、動詞部分は意志的動作を表すものに限られる。

例 ☞「電気がつけてある。」（動詞「つける」は意志的動作）

☞「服が洗ってある。」（同上）

☞「明日の授業のため、本は読んである。」（同上）

☞「パーティの料理は、もう作ってある。」（同上）

×「風が吹いてある。」

（動詞「吹く」は自然作用、無意志的）

?「今夜の麻雀に備えて、充分寝てある。」

（主語は「物」でない）

～テアルは、～テオイタと同義。「人」が主語の場合は、～テオイタを用いる。

例 ☞「私は、明日の授業のため、本を読んでおいた。」

☞「今夜の麻雀に備えて、充分寝ておいた。」

～テイル：動作・作用の過程や結果の状態を示す。（→**テーマ4**）

(a)動作・作用の結果、<u>動作・作用の主体の様子が変化する動詞</u>の場合、結果の状態を示す。

例 ☞「電気がついている。」

（「つく」という作用ののち、電気の様子が変化した結果が「ついている」）

☞「財布が落ちている。」（同上）

☞「この魚は死んでいる。」（同上）

(b)動作・作用の結果、<u>動作・作用の主体の様子が変化しない動詞</u>の場合は、動作・作用の継続している状態を示す。但し、継続性のある動詞に限る。

例 ☞「母は今、服を洗っている。」

☞「彼は今、本を読んでいる。」

☞「兄は今、寝ている。」

但し、問題は、(a)動作・作用の結果、動作・作用の主体の様子が変化する動詞で、(b)継続性を持つ動詞、の二面を兼ね備えている動詞の場合である。

例 ☞「姉は今日、和服を着ている。」

（(a)、和服を着た状態）

☞「姉は今、和服を着ている。」

（(b)、和服の着付けの最中）

☞「彼は、痩せている。」

（(a)、スリムな状態）

☞「彼は、今、病気でどんどん痩せている。」

（(b)、病気の進行状態）

また、(a)動作・作用の結果、動作・作用の主体の様子が変化する動詞でも、文脈によっては継続性を持って(b)の進行状態を表す場合もある。

例 ☞「彼の成績はどんどん落ちている。」
（成績の長期低落状態）
☞「疫病で人が次々に死んでいる。」
（多くの人々が次々死亡）

②他動詞と自動詞

テアルは意志的動作であるから、他動詞が圧倒的に多い。そこで、自動詞と他動詞が対になっている動詞で状態を表す場合、次のような文型になる。

物	ガ	他動詞テ形	+	テアル
		自動詞テ形		テイル

例 ☞「電気がついています。」（自動詞）
☞「電気がつけてあります。」（他動詞）

③テアル、テイルの用法

（1）の「〜ガアル」の文型は、やや抽象的に存在の有無を示しているに過ぎないが、テアル、テイルの文型は、存在の様相を示している。それ故、物の具体的なあり方（どこに、どのように存在するか）が問題にされている場合は、テアル、テイルを用いる方がふさわしい。

例 ☞「旅行の日程表、どうした？」「壁に貼ってありますよ。」
（「壁の上にありますよ。」は不自然）
☞「はさみ、どこにやっちゃったの。」「引き出しに入ってるでしょ。」

3．状態を表す文

（1）形容詞文

例 ☞「相変わらず、忙しいです。」
☞「母は、おかげさまで元気です。」

（２）名詞文

例 ☞ 「私の服は、緑です。」

（３）動詞文→**2**

（４）〜ソウダの文

①静態（イ形容詞、ナ形容詞、静態動詞）

　イ形容詞・ナ形容詞語幹、動詞マス形 ＋ソウダ

（但しイ形容詞のヨイ→ヨサソウダ、否定形ナイ→ナサソウダ）

物の重さや味などの内部属性、人の心理や性質など、外から見ただけではわからないような状態を、外から見た様子で判断する。看樣子。

例 ☞ 「これはおいしそうなケーキだ。」
☞ 「母は、元気そうでした。」
☞ 「あの家は、お金がありそうだ。」
☞ 「あの人は、権力を持っていそうだ。」
☞ 「この薬は、よく効きそうだ。」

②動態（動態動詞）

　動詞マス形 ＋ソウダ

(a)動作主が今にも動作・作用を開始しようとしている状態。快要〜。

例 ☞ 「金魚が死にそうだ。」
☞ 「あの子は、転んで泣きそうだ。」

(b)動作主でなく動作対象の性質の形容として、次の用法がある。

例 ☞ 「そんな失敗は彼のやりそうなことだ。」
（被修飾名詞「こと」の性質）
☞ 「彼女の行きそうな所は、すべて探した。」
（被修飾名詞「所」の性質）
☞ 「その話は、彼の言いそうなことだ。」
（被修飾名詞「こと」の性質）

チャレンジ・・

✎ 練習

1.「ＡハＸガ、ＢハＹ」という対比の文型を用いて、次の２つのもの
を比較する文を作ってください。

　　①日本と台湾　　　　　　　　②日本の女性と台湾の女性

　　③男性と女性　　　　　　　　④犬と猫

　　⑤日本語と英語　　　　　　　⑥東洋と西洋

　　⑦眼鏡とコンタクトレンズ　　⑧その他

2.次の自動詞に対応する他動詞を書きなさい。

-ru ➡ -su

　　起こる⇒　　　　　　　　返る⇒

　　通る⇒　　　　　　　　　移る⇒

　　治る⇒　　　　　　　　　渡る⇒

　　戻る⇒　　　　　　　　　転がる⇒

-reru ➡ -su

　　汚れる⇒　　　　　　　　流れる⇒

　　現れる⇒　　　　　　　　壊れる⇒

　　崩れる⇒　　　　　　　　倒れる⇒

　　離れる⇒　　　　　　　　隠れる⇒

-eru ➡ -(y)asu

　　増える⇒　　　　　　　　溶ける⇒

　　燃える⇒　　　　　　　　負ける⇒

　　出る⇒　　　　　　　　　冷える⇒

　　荒れる⇒　　　　　　　　逃げる⇒

-iru ➜ -asu

生_いきる⇒　　　　　満_みちる⇒

閉_とじる⇒　　　　　伸_のびる⇒

-iru ➜ -osu

起_おきる⇒　　　　　落_おちる⇒

下_おりる⇒　　　　　過_すぎる⇒

-u ➜ -asu

減_へる⇒　　　　　沸_わく⇒

散_ちる⇒　　　　　乾_{かわ}く⇒

照_てる⇒

その他 ➜ -su

消_きえる⇒　　　　　なくなる⇒

-eru ➜ -u

切_きれる⇒　　　　　割_われる⇒

取_とれる⇒　　　　　焼_やける⇒

売_うれる⇒　　　　　折_おれる⇒

破_{やぶ}れる⇒　　　　　知_しれる⇒

-aru ➜ -eru

かかる⇒　　　　　止_とまる⇒

閉_しまる⇒　　　　　見_みつかる⇒

上_あがる⇒　　　　　下_さがる⇒

始_{はじ}まる⇒　　　　　終_おわる⇒

決_きまる⇒　　　　　集_{あつ}まる⇒

伝_{つた}わる⇒　　　　　変_かわる⇒

助_{たす}かる⇒　　　　　広_{ひろ}がる⇒

溜_たまる⇒　　　　　納_{おさ}まる⇒

曲_まがる⇒　　　　　儲_{もう}かる⇒

加_{くわ}わる⇨ 　　　　　暖_{あたた}まる⇨

丸_{まる}まる⇨ 　　　　　高_{たか}まる⇨

茹_ゆだる⇨ 　　　　　縮_{ちぢ}まる⇨

-aru → -u

狭_{せば}まる⇨ 　　　　　刺_ささる⇨

-u → -eru

付_つく⇨ 　　　　　進_{すす}む⇨

届_{とど}く⇨ 　　　　　育_{そだ}つ⇨

開_あく⇨ 　　　　　揃_{そろ}う⇨

並_{なら}ぶ⇨ 　　　　　立_たつ⇨

-eru → -ru

見_みえる⇨ 　　　　　煮_にえる⇨

-areru → -u

生_うまれる⇨ 　　　　　剥_はがれる⇨

その他

入_{はい}る⇨ 　　　　　なる⇨

✎ 作文課題

左_{ひだり}の絵_えと右_{みぎ}の絵_えの違_{ちが}うところを 10ヵ所_{しょ}を探_{さが}して、書いてみましょう。

✎ 応用課題

雑誌_{ざっし}などで同様_{どうよう}の問題を探し、書いてみましょう。

MEMO

テーマ10

『変_{へん}な家_か族_{ぞく}』

学習事項

1. 逆接_{ぎゃくせつ}の接続助詞_{せつぞくじょし}（2）　ガ、テモ、ノニ
2. 原因_{げんいん}・理由_{りゆう}の接続助詞　ノデ、カラ
3. 原因・理由のテ（3）

▶ 問題

　左の絵をよく見てください。何だか変ですね。この絵について、説明してください。

Ⅰ．この絵の人たちは、それぞれ何をしていますか。

Ⅱ．この絵は、どこが変ですか。

Ⅲ．この家族は、どうしてこんな様子をしているのでしょう。自由に解釈して書いてください。

▶ 作文のヒント

1．逆接の接続助詞　ガ、ケド、テモ、ノニ

（1）～ガ（→テーマ4）、～ケド（ケレド、ケレドモ）

| A | ガ／ケド | B |

Aは普通体の節。但しガの場合は、Aの文体が丁寧体ならBの文体も丁寧体。（→作文を書き始める前に→文体について）

①ある観点において、Aがプラス価値ならBはマイナス価値、Aがマイナス価値ならBはプラス価値。

例 ☞「あの店のパンは、安いけどおいしい。」
　　　（パンの値段と品質が矛盾）

　☞「あの店のパンは、高いけどおいしい。」
　　　（買手にとっての利益が矛盾）

　☞「彼女は美人だけど、意地悪だ。」
　　　（彼女の長所と短所の矛盾）

　☞「魚は嫌いだが、食べなければならない。」
　　　（魚に対する態度が矛盾）

　☞「車はあるが、めったに乗らない。」
　　　（車の所有とその非使用の矛盾）

　☞「塾に通っているが、成績が上がらない。」
　　　（通塾行為と結果が矛盾）

119

AとBの比較の対象にハをつけると、対比の文になる。（→**テーマ9**）

例 ☞「あの店のパンは安いけど、この店のパンは高い。」

（あの店のパンとこの店のパンを対比）

☞「彼女は美人ですが、彼女の娘はブスです。」

（彼女とその娘を対比）

☞「魚は嫌いですが、肉は好きです。」（魚と肉を対比）

☞「車はありますが、バイクはありません。」

（車とバイクを対比）

☞「塾には通っていないけど、水泳教室には通っています。」

（塾と水泳教室を対比）

②Aは既定の事実である。

（2）〜テモ（→**テーマ7**）

| A（活用語テ形） + モ | B |

①仮にAであっても、Bになる。AとBは常識的には矛盾することなので、通常はその矛盾を説明するような背景がある。

例 ☞「おいしいパンなら、安くてもよく売れてもうかるだろう。」

☞「おいしいパンなら、高くてもみんな買います。」

☞「美人でも意地悪な人は嫌いだ。」

☞「カルシウム不足だから、魚は嫌いでも食べなければならない。」

☞「このあたりは交通が便利だから、車はあってもめったに乗らない。」

☞「勉強する気がなければ、塾に通っていても成績が上がらない。」

②〜テモはテンスを持たない。それ故、Aは抽象的な仮定であり、成立が未決定である。

③疑問詞＋テモ　という文型を作る。

例 ☞「いつ来ても、彼はいない。」

☞「どこへ行っても、暑い。」

☞「誰が説得しても、彼はＯＫしない。」

（3）〜ノニ

A	ノニ	B

Aは活用語普通体。但し、名詞・ナ形容詞現在は語幹＋ナ

①話者の常識からしてAとBは矛盾し、話者はその矛盾に対して驚きを持っており、それが非難・称賛・不満・皮肉・懐疑などのさまざまな感慨になっている。

例 ☞「あの店のパンは、こんなに安いのにこんなにおいしい。」（称賛）

☞「彼女は美人なのに、どうしてあんなに意地悪なんだろう。」（非難）

☞「彼女は美人なのに、彼女の娘はどうしてブスなんだろう。」（驚き）

☞「あなたはダイエット中なのに、ずいぶんたくさん食べますね。」（皮肉）

☞「彼は、車があるのに、めったに乗らない。」（懐疑）

☞「塾に通っているのに、さっぱり成績が上がらない。」（不満）

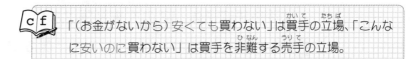

cf 「（お金がないから）安くても買わない」は買手の立場、「こんなに安いのに買わない」は買手を非難する売手の立場。

それ故、Bは命令・禁止・依頼・許可・勧誘・願望・提案・意欲など、話者の意志や、話者が他者に働きかける文型には使えない。

例 ○「雨が降っているけど、行こう。」

○「雨が降っていても、行こう。」

×「雨が降っているのに、行こう。」

②〜ノニはあらゆるテンスを持つ。それ故、Aは成立が決定された事実である。

2. 理由の接続助詞　ノデ、カラ、テ

ノデは論理的、カラは主観的、テは自然的な理由を示す。

（1）〜ノデ

> ＊＊＊A＊＊＊　ノデ　＊＊B＊＊：AとBは冷静な推論で連結される。

Aは活用語普通体。但し、名詞・ナ形容詞現在は語幹＋ナ。

B（主節）の文末は、命令、禁止、依頼、願望、提案、助言、許可、勧誘など話者の意志や主張、聞き手に対する働きかけを表す文型は使えない。

> 例 ☞「今日は日曜日なので、会社は休みです。」
> ×「今日は日曜日なので、遊びに行こう。」
> 　（主節の文末が勧誘の文型）
> ☞「昨日は遅く寝たので、今朝は早く起きられませんでした。」
> ×「昨日は遅く寝たので、もっと寝ていなさい。」
> 　（文末が命令の文型）

（2）〜カラ

①ノデより主観的な理由を示すカラ

> ＊＊＊A＊＊＊　カラ　＊＊B＊＊：理由の取り立て

Aは活用語普通体。Bの文末制限はない。

> 例 ☞「今日は日曜日だから、会社は休みです。」
> ☞「今日は日曜日だから、遊びに行こう。」
> ☞「昨日は遅く寝たから、今朝は早く起きられませんでした。」
> ☞「昨日は遅く寝たから、もっと寝ていなさい。」

クイズ感覚で書いてみよう

「遊びに行こう」は話者の意志、「寝ていなさい」は話者が聞き手に働きかける発話である。このような発話は、主観的であると考えられる。

②〜ノハ〜カラダ

| B | ノハ | A | カラダ |

Bは活用語普通体。但し、名詞・ナ形容詞現在は、語幹＋ナ。

Aは活用語普通体。

ノデに比べてカラは、いくつかある理由のうち一つを特に選び出して強調するという意味合いがあるので、主観的色彩が強くなる。それ故、次のような強調構文が可能になる。

例 ☞「会社が休みなのは、今日が日曜日だからです（他ノ理由デハナイ）。」

☞「今朝早く起きたのは、昨日早く寝たからです（他ノ理由デハナイ）。」

③因果関係から外れるカラ

カラの主観性が濃くなると、話者の感情の中だけで因果関係が成立し、聞き手には理由と帰結が結びつかない場合がある。

例 ☞「お願いだから、帰ってください。」

☞「君の考えは間違っている。」「どうしてですか。」

「間違っているから間違っているんだ！」

このような場合、決してノデは使えない。

例 ×「お願いなので、帰ってください。」

×「君の考えは間違っている。」「どうしてですか。」

「間違っているので間違っているんだ！」

3．〜テ

（1）テ形一般の制約

A　テ　B ：Aは活用語のテ形。

①他の接続助詞と違い、テそのものは固有の意味を持たない。
AとBの意味関係によってテの用法を判断するだけである。

> 例 ☞「私は大学へ行って、弟は塾へ行った。」
> 　　（A、B二つの動作の列挙）
>
> ☞「私は大学へ行って、授業を受けた。」
> 　　（A、B二つの動作の継起）
>
> ☞「私は椅子に座って本を読んだ。」
> 　　（A、Bは同時進行）
>
> ☞「私は大学へ行って、学問を積もう。」
> 　　（AはBの手段）
>
> ☞「私は大学へ行って、疲れた。」
> 　　（AはBの原因）

②テは固有のテンスを持たない。AのテンスなどはBの文末に
左右される。

> 例 ☞「今日は大学へ行って銀行へ行きたい。」（並列）
> →「今日は大学へ行きたい。それから銀行へ行きたい。」
>
> ☞「あなたは大学へ行って授業を受けるべきだ。」（継起）
> →「あなたは大学へ行くべきだ。そして授業を受けるべ
> 　きだ。」
>
> ☞「大学へ行って学問を積もう。」（手段）
> →「大学へ行こう。そして学問を積もう。」
>
> ☞「今日は大学へ行って、疲れた。」（原因）
> →「今日は大学へ行った。だから疲れた。」

③テで連結されるAとBは、自然に継起するものでなければな
らない。

クイズ感覚で書いてみよう

例 ○「彼女は台所へ行って、お湯を沸かした。」
（ＡとＢは常識的につながりがある）
　? 「彼女は台所へ行って、床に入った。」
（ＡとＢは常識的につながりがない）

（２）原因・理由を表すテ形

ノデ、カラと違って、テで連結される因果の文は、「Ａが発生した結果、直接的、自然的に、或いは止むを得ずＢが引き起こされる」という性質を持つ。

ＢがＡによって直接的、自然的に、或いは止むを得ずＢが引き起こされるのだから、ＡとＢの関係に、推論が働くようであってはいけない。例えば、

例 ○「台風が来て、電気が消えた。」
（ＡとＢに直接的結合性が感じられる）
　×「台風が来て、蝋燭が灯った。」
（ＡとＢに直接的結合性が感じられない）
　○「お腹が空いて、たくさん食べた。」
（ＡとＢは直接的に結合）
　×「お腹が空いて、母がたくさん料理を作ってくれた。」
（普通、生理的・感情的な刺激を受けて行動するのは、
生理主体・感情主体自身である。それ故、Ａが生理・
感情述語の場合、Ｂの動作主もＡと同じになる。）

この性質から、さまざまな制約が生まれる。

①文末の制約

「止むを得ず引き起こされる」のだから、Ｂ（主節）の文末は、無意志的動作でなければならない。無意志的動作とは、次のようなものである。

(a)命令、禁止、依頼、願望、提案、助言、許可、勧誘など動作主の意志や主張、聞き手に対する働きかけを直接表す文型を使ってはならない。しかし、これらの文型も過去形にしたり「〜ヨウニナッタ」のような形にすればよい。

逆に、動作主がいやおうなしに行為をする〜ナケレバナラナイという文型はよく使われる。

> 例 ×「月曜日は早朝会議があって、日曜日は早く寝ましょう。」
>
> ○「月曜日は早朝会議があって、日曜日は早く寝た。」
>
> ○「月曜日は早朝会議があって、日曜日は早く寝るようになった。」
>
> ○「月曜日は早朝会議があって、日曜日は早く寝なければならない。」

(b)動作主が自然現象等の非情物である場合、意志的な動作をすることはないから、テ形を使うことができる。

> 例 ☞「子供が暴れて、床が抜けた。」

(c)人の感情・生理作用を表す述語の場合。感情や生理作用は意志と違って、受動的に引き起こされるものであるから、意志的な動作ではあり得ない。それ故、テ形を使うことができる。

> 例 ☞「息子が合格して、うれしい。」
>
> ☞「たくさん運動して、お腹が空いた。」

(d)受動態、可能態、「ワカル」「思エル」などの自発態は、動作主の意志にかかわらず自然に発生するものであるからテ形を使うことができる。

> 例 ☞「彼は今、授業をさぼって先生に叱られている。」
>
> ☞「あの授業は、先生が丁寧に説明してくれて、よくわかる。」

(e)「ナクス」「失敗スル」「死ヌ」「(いやなことに) 遭う」等、動作主に不利益をもたらす動作も、通常は動作主の意志によって引き起こされたのではないと考えられるからテ形を使うことができる。

例 ☞「大金を落として、彼は今ひどい目に遭っている。」

②視点の制約

　Aが発生した結果、Bが引き起こされるのであるから、Bの動作主が有情物である場合は、Aの動作・事態はBの動作主の視点から捉えられたものでなければならない。(それ故、Aの動作主とBの動作主が同じである場合は最も問題が少なくなる。)

(a)例 ×「父が犬に肉をやって、犬は喜んだ。」

　この文のAはBの動作主 (犬) の視点を妨害している。「父が犬に肉をやる」は、「父」(Aの動作主) の視点から捉えた行為であり、「犬」(Bの動作主) の視点から捉えた行為ではない。「犬」の視点からAを捉えるならば、Aを「父に肉をもらって」「父に肉を与えられて」とするべきである。

　このように、「アゲル」「クレル」「モラウ」「行ク」「来ル」「貸ス」「借リル」など方向性を持つ動詞をAの中で用いる時は、特にBの動作主の立場にふさわしい動詞を選ばなくてはならない。

(b)例 ×「先生が詳しく説明して、私はやっとわかった。」

　この文のAの捉え方は、Bの動作主からの視点がやや弱い。「先生が詳しく説明してくれて」と〜テクレルを入れれば、Bの動作主「私」の視点が入ることになる。

(c)例 ?「途中で雨が降って、傘を買った。」

　この文のAの捉え方は、Bの動作主からの視点がやや弱い。この場合はAを「雨に降られて」と受け身にするか、「雨に遭って」にする。

(d)例×「柿の実が落ちてきて、（柿の実を）拾った。」

　この文のＡにおいて「柿の実」は作用主体であるが、Ｂの動作主（私）の視点から見れば「柿の実」は動作対象なのである。それ故、ＡはＢの動作主の視点からずれており、ＡはＢの視点から捉えられたとは言えない。この場合は、ノデ、カラを使う以外にない。

　(a)〜(d)の場合のいずれも、ノデ、カラを使えば問題はない。

③テを用いた方がいい理由節

　以上のように、テを用いた理由節の制約は非常に煩雑である。理由節を表す時はノデ、カラを使う方が面倒がないが、ＡとＢが自然的に結びついていて推論の余地がない場合は、ノデ、カラよりテを用いた方がいい。間違いなく作文をするためのめやすは、次の二つである。

(a)ＡもＢも自然現象の場合。カラは主観的だし、ノデは推論的であるから、テ形を用いた方がよい。

(b)Ｂが感情・生理状態の場合。カラ、ノデを使うと感情表現の直接性が薄れるから、テ形を用いた方がよい。

　その他の場合は、カラ、ノデを用いた方が無難であろう。

チャレンジ ●●

✍練習

1．～ガ（ケド）、～テモ、～ノニ、を使って例文を作ってください。

2．～カラ、～ノハ～カラダ、～ノデ、を使って例文を作ってください。

3．次の原因・理由のテの用法は、どこが間違っていますか。また、
どう直せばいいですか。

　①茶わんが割れて、捨ててしまった。

　②先生が私に「だめです。」と言って、私は落ち込んだ。

　③あなたは病気で、学校へ行かなくてもいいです。

　④おいしそうな西瓜があって、買ってきました。

　⑤図書館が本を貸して、とても便利です。

　⑥足が痛くて、友達が按摩をしてくれた。

　⑦台風が来て、政府が被害調査を始めた。

　⑧子供が泣いて、母親が叱った。

✍作文課題

絵を見ながら、冒頭の指示に従って作文を書いてみましょう。

✍応用課題

日本人の行動について、日頃から変だと感じていることを述べ、その
原因を考える文章を書いてみましょう。

　　例　日本人は、ご飯は一人一人別なのに、お風呂は一緒に入る。
　　　　日本人は、西洋人は崇拝するくせに、東洋人は蔑視する。

テーマ11

『犯人は誰か』

学習事項

推論の文型：

モシ～ナラ／トシタラ、～ハズダ／
デナケレバナラナイ／トイウコトニナル

▶ 問題

　2006年5月11日午後3時頃、○○大学日文学科の吉田先生の研究室から、二年生の作文の試験問題が盗まれました。吉田先生が調査したところ、犯人は次の六人の中の一人だということがわかりました。次の日、吉田先生は六人をきびしく尋問しました。六人は、それぞれ右のような三つのことを話しました。しかしよく調べると、彼らの三つの話のうちそれぞれ二つは真実だけれど、一つだけ真実でない、ということがわかりました。さあ、犯人は誰でしょうか。下の話のうちどれが真実でどれが真実でないかを分析して、犯人を探し出してください。

（推理のヒント：六人の三つの話の中で、同時に成立しなければならない二つの話を先に見つけ、そこから他の者の話の真偽を次々に推論していく。）

張：①私は５月11日の３時頃、図書館にいました。

②５月11日の３時頃、吉田先生の作文の宿題を書いていました。

③吉田先生は美人だから、私は一生懸命勉強します。

劉：①私は５月11日の３時頃、江さんと一緒にビールを飲んでいました。

②李さんは５月11日の３時頃、図書館にいました。

③張さんはまじめではないから、張さんが試験問題を盗んだんです。

陳：①私は５月11日３時頃、李さんと一緒に図書館で本を読んでいました。

②私は、吉田先生の試験問題を盗んでいません。

③私は、犯人ではありません。

李：①私は５月11日の３時頃、図書館にいました。

②その時、図書館で陳さんと一緒に本を読んでいました。

③その時、図書館には張さんはいませんでした。

呉：①陳さんは５月11日の３時頃、吉田先生の研究室に行きませんでした。

②張さんは、犯人ではありません。

③私は、吉田先生の試験問題を盗んでいません。

江：①張さんはいつも「吉田先生はブスだ」と言っています。

②私は５月11日の３時頃、劉さんと一緒にビールを飲んでいました。

③私は、作文の勉強が大好きです。

作文のヒント

推論の文型

1．論理的仮定の文型

（1）モシ〜ナラ（→テーマ6）

モシ　A　ナラ：Aは活用語普通体、ナ形容詞・名詞の現在形は語幹

ナラはト、バ、タラに比べて抽象性が強いので、論理的仮定に向いている。

例 ☞「今は外国旅行に行けないけど、もし行くならヨーロッパがいい。」

（2）モシ〜トシタラ／トスレバ／トスルト／トスルナラ

モシ　A　トシタラ／…：Aは活用語普通体。

〜トスルは、〜ト仮定スルの意味。

（〜ニスルではない。）

例 ☞「結婚式は挙げないつもりだけど、もし挙げるとしたら教会でしたい。」

cf 〜トシタラと裏腹の文型は、〜トシテモ、〜ニシテモである。
〜トシタラが最も理想的な事態を帰結とするのに対し、〜トシテモは最もつましい事態を帰結とする。
例 ☞「旅行には行きたくない。行くとしても、一泊くらいだ。」
☞「結婚式は挙げないつもりだ。挙げるにしても、二人だけの式だ。」

2．推論の帰結の文型

（1）〜ハズダ

ハズは形式名詞として活用を持つ。

①客観的根拠のある推測を示すハズダ

132

活用語普通形（但し、名詞現在形＋ノ、ナ形容詞現在形＋ナ）
＋ ハズダ

 ☞ 「彼の両親がО型だから、彼もО型のはずだ。」
（客観的根拠がある）

☞ 「彼の両親がО型だから、彼はА型ではないはずだ。」

☞ 「彼は10時に家を出たのだから、もうそろそろ大阪に着くはずだ。」

> **cf** 推測を示す文型と判断の根拠の有無
> 例 ☞「彼は明るいから、多分О型だろう。」
> （推測の根拠が主観的）
> ☞「両親がО型だから、彼はО型のはずだ。」
> （推測の根拠が客観的）

> **cf** ～ニ違イナイ、～ニ決マッテイルは、やや主観的で根拠を欠いた判断。
> 例 ☞「彼は授業に来ていない。またさぼっているに違いない。」
> ☞「あんな男と結婚したら、彼女は不幸になるに決まっている。」

②～ハズガナイ
否定形ハズガナイはナイハズダよりも強い感情的確信が込められている。

 ☞ 「彼がА型のはずがない！彼の両親がО型なんだ！」

☞ 「彼がА型だって？そんなはずがない！」

③～ハズダッタ
事態が本来の予定と違うので遺憾に思っている表現。

А ＋ ハズダッタ：Аは本来の予定

例 ☞ 「本来は今年結婚するはずでしたが、家の都合で来年に延期しました。」

④〜ハズデハナカッタ

事態が本来の予定と違うので遺憾に思っている表現。

　A　＋ハズデハナカッタ：Aは本来の予定と違う結果。

通常は、「こんなはずではなかった」と、慣用的に使われる。

（２）〜デナケレバナラナイ

　名詞　＋デナケレバナラナイ

もともとは「外部からの強制による義務」を表す。（→テーマ5）

> 例 ☞「三時までに会社に戻らなければならない。」

推論の帰結を示す時は「論理的強制による必然的な結果」を示す。

> 例 ☞「A＝B、B＝Cである。よって、A＝Cでなければならない。」

（３）〜トイウコトニナル

　A　＋トイウコトニナル：Aは活用語普通体。

但し、名詞の場合はダを省略することができる。

主観的な推測や感情によるのでなく、自然にAになる、という表現。

> 例 ☞「A＝B、B＝Cなら、A＝Cということになる。」
> 「当選者の田中氏が亡くなったので、市長は次点の佐藤氏（だ）ということになる。」

3. モシ〜ナラ／モシ〜トシタラ、〜ハズダ／〜デナケレバナラナイ／〜トイウコトニナル

> 例 ☞「もし、彼が犯人でないとしたら、彼の妻が犯人だということになる。」
> ☞「もし、彼が犯人なら、あんなに平然としていられないはずだ。」
> ☞「もし、彼の話が本当だとしたら、彼の妻が犯人でなければならない。」

チャレンジ・・・・・・・・・・・・・・・・・・・・・・・・・・・・・・・・・・・・・・・

✐ 練習

　〜カラ〜ハズダ、モシ〜トシタラ、〜トシテモを使って例文を作って
ください。

✐ 作文課題

　問題を読んで犯人は誰か、みんなで討論して推理してください。
その推論の過程と結論を書いてみましょう。

テーマ 12

『兎と亀』
うさぎ　かめ

学習事項

接続助詞と文末表現の練習――――総復習
せつぞくじょし　ぶんまつひょうげん　れんしゅう　　　そうふくしゅう

▶問題

　この二つの漫画を見てください。そして、二つの物語を書いてみましょう。但し、後の四つの条件を守ってください。

A　　　　　　　　　　B

Ⅰ. 次の言葉を全部使って、物語を書いてください。適当な助詞を付け加え、動詞や形容詞などは適当に変化させてください。同じ言葉を何回使ってもいいです。

1. 兎－傲慢　自分は世界で一番足が早い　いつも亀を馬鹿にする
    亀－謙虚　動作がのろい　いつもまじめに努力する　競走
    ゴール　山のてっぺん　ヨーイどん　スタートする

2. 早く走る　ゆっくり走る　あっと言う間に　先へ行く　差
    どんどん開く

A… 3. 安心する　ちょっと一休みする　ぐうぐう寝る　間もなく
    追い付く　休まない　寝ている間に　追い越す

4. 目が覚める　あわてる　間に合わない　山の上　手を振る
    勝つ　負ける

B… 3. 安心する　ちょっと一休みする　ぐうぐう寝る　間もなく
    追い付く　兎を起こす　また一緒に走り始める

4. 手を振る　勝つ　負ける

Ⅱ. A…4で、亀は山の上から兎に何と言いましたか。想像して書いてください。

Ⅲ. B…4で、兎は山の上から亀に何と言いましたか。想像して書いてください。

Ⅳ. あなたはAの亀とBの亀とどちらが好きですか。それはどうしてですか。書いてください。

✍ 作文課題

　前出の問題を読み、四つの条件を守って作文を書いてみましょう。

MEMO

自分の言葉で
個性豊かに
―学生の作文から―

これは、学生が実際に書いた作文を学生自身が
修正した後、提出されたものです。

作文テーマ

『私の家族』

・・・・・・・・・・・・・・・・・・・・・・・・・・・・・・・・・・・・

「私の家族」

日文科　二年　ＬＪＣ（男）

　私の家は桃園にあって、私を含めて家族は5人います。両親は今桃園に住んでいて、烏龍茶に関する商売をしています。兄弟は二人で、兄は今年中正大学に入って財政に関する問題を研究しています。姉は去年輔仁大学を卒業して、1年間コンピューター会社に勤めていましたが、月給があまりにも少ないと言って、今年仕事をやめて、国家公務員試験を受けようと自信満々に宣言しましたが、受かるならいいことですが、ちょっと姉の行先を心配しています。

　私は小さい時からかわいくて、両親にかわいがられて育った男の子です。両親にかわいがられてよかったと思いますが、そういうわけで、小さい時からよく兄弟のうらみを買っていじめられたことがあります。いつかきっと仕返しをしてやろうと誓った私が、大きくなるにつれて、いじめられたこともいい経験になると考えが変わってきました。なぜかというと、将来後輩をどういうふうにいじめるかということを、そういう経験を通じて習ったからです。（冗談）

　多くの家庭と同じように、私の父は家の大黒柱をもって任じていまして、家計のためによくがんばっています。一生懸命に働いている父の姿を見ると、なんとなくうしろめたい感じがします。「両親の恩は山よりも高く、海よりも深い」というから、

何とか手伝ってあげようと言いましたが、その時、父は「おまえはしっかり勉強しておきたまえ。将来に備えてね。」と働きながら、汗をふかずに言いました。

　やさしくて思いやりのある母は他人の目から見れば、決して美人だとは言えませんが、苦労を重ねてようやく三人の子供を育てて一人前にしてくれた母は私の心の中で一番美しくてゆるぎない地位にある人です。世の中で一番偉くて美しい人と言えば、大統領ではありません。きっと、お母さんだと思う人はかなり多いと信じています。

　次に紹介する人は兄です。兄のことを思えば、ちょっとつらい思い出が浮かんできます。…………からです。兄は率直なうまれつきで、だれにでもすぐ親しみやすい人だとよく言われています。姉は高校時代の時、よく勉強した人で、本の虫とも言えましょう。でも、大学に入って彼氏ができてから、成績は上がるどころかかえって落ちる一方でした。日本のことわざの「人の振りを見てわが振りを直せ」ということから、私は姉みたいな人にならないように心掛けています。学生といえば、やっぱり勉強することが一番大切ではないかなと思いますが。

　編入生としてこの大学に入った私は、まだ学校についてのことをよく知っていません。将来、もっと時間をかけて周りの人々とつき合って、たくさんの友達ができるように願っています。

作文テーマ

『私の趣味』

・・・・・・・・・・・・・・・・・・・・・・・・・・・・・・・・・・・・・

「私の好きなこと」

日文科二年　XIY（女）

　私の趣味は植物です。特に花に趣味を持っています。小さい時から、母が沢山の植物を紹介したので、私は植物が大好きでした。その時、家族は新竹に住んでいました。家の前に小さい庭があったので、多くの植物、たとえばバラ、朝顔、煮飯花、日日春などがたくさんありました。

　小さい時、母は私に「親指姫」という本を読んでくれました。その小さくきれいな親指姫はどこにいますか。「いつでも庭の花の中に見えるでしょう。」と思いました。毎日毎日庭を捜して、まるで庭の巡警のようでした。今でも私は親指姫を見たいです。

　十一年前に台北に引っ越しました。ビルに住んでいますから、植物を栽培できません。陽光が不足だし、空気が悪いし、風が強いし、植物が生長しません。そして、今蘭しか栽培していません。先週の日曜日に花市で朝顔の種を買いましたが、あした部屋の窓の横に栽培します。来年、春になったら朝顔の種を取りたいです。

自分の言葉で　個性豊かに

「私の趣味」

日文科二年　ＸＱＪ（女）

あなたはテレビがすきですか。

　私の趣味はテレビを見ることです。毎日時間があるとすぐテレビをつけて、テレビの奴隷になります。とくに休みの間、朝から夜までしばらく寝ないで、何も食べないで、ずっと画面をじっと見詰めて一度もまばたきしないです。夏休みの時にオリンピックの生放送で昼夜を逆様にしました。日がたつにしたがって、さらに遅く寝て遅く起きました。最後は生理時刻は一巡して循環しましたので、早く寝て早く起きるようになりました。

　時々テレビに熱中しすぎますから、ほかのことに少しも注意しないです。母はこれに不満がごまんとあって、私を「テレビを見ると不動如山だ。」と叱ります。不動如山というのは中国語のことわざで、山のように動かないという意味です。

　また、ある日母はテレビを死守している私に、

「昼ご飯は何を食べたいですか。」

と聞きました。私は勝手に、

「何でもいいです。」

と答えました。まもなく母は生の野菜や米や肉など私の前に置きました。びっくりして口も聞けなかったです。母は大得意で、

「あなたは何でもいいと言いました。」

と言いました。そんな母に対して私も手を焼きました。

　じじつテレビが好きなのはいい趣味で、いろいろな番組があって、知識を増進したり、ニュースを伝えたりするのです。でも、気をつけて番組を選んだ方がいいです。必ずテレビで母親との感情を壊さないでください。

作文テーマ

『自己紹介』

● ●

「自己紹介」

日文科二年　QHＩ（女）

　私は一九七八年に生まれました。誕生日は一月八日です。故郷は台湾の宜蘭県という所です。十一年前に宜蘭から台北へ引っ越しました。

　私の家族は七人です。母は一男四女をもうけました。私は四番目の子です。父はタクシーを運転しています。母は包子の専売店で働いています。私たちのために、一生懸命に働いています。両親はいつも「金があることが必ず幸福だとは言えない」言います。私たちも金を無駄にしないです。一番上の姉はきれいなので、いつも人目を引きます。兄はハンサムボーイです。しかし、足が短いです。二番目の姉は料理を作るのがとても上手です。だから、私を太らしてしまいました。妹はかわいい人ですが、頭が悪いです。彼らは恋人がいます。私だけいません。いつの日か恋に落ちるようになりたいと思っています。今、私はラブレターをもらいたいです。家に犬が一匹います。名前は「妹妹」という犬です。小さくて白くてとてもかわいいです。昔、家はいつもにぎやかな笑い声が絶えませんでしたが、今は、子供たちは自分のことをして、犬だけ両親のお伴をしています。

　私は今○○大学で日本語を勉強しています。寮に住んでいます。両親は子供達はもう独り立ちできるようになったと思っています。私は寝ることや食事することなどが大好きです。とき

どき友達と歌を歌いに行きます。つまらない生活で、いやです。

日本語は学びにくいと思っています。私もよく勉強していないんです。日本語と言えば恐れます。だから、よく学校を欠席したことがあります。休学したいと思ったこともあります。でも、また勉強してみますから、その考えをあきらめました。授業がだんだん難しくなってきました。頑張ろう。

作文テーマ

『私の故郷』

・・・・・・・・・・・・・・・・・・・・・・・・・・・・・・・・・・・・・

「私の故郷」

日文科二年　ＱＢＬ（男）

　私の故郷は林口です。林口は山の上にあって空気がいいし見通しのきく所です。それに、夏はとても涼しいです。しかし、冬は家の急須が氷に固まるほど寒いです。台北で働いている人々がたくさん林口に住んでいるので、林口はだんだん盛んな都市になってきました。

　私が以前住んでいた林口はとても「田舎的」でした。私の家の隣に澄んだ川があるし、私の家は畑に囲まれていました。その上、潅漑の目的に使用される小さい川にはおたまじゃくしがたくさんいるので、私の子供の時に、そこはいつも遊んでいた所でした。しかし、田舎のためか、蚊があまりに多くて困っていました。

　私の子供の時に、車が少なかったから、私と友達は町で遊ぶことがよくありました。それに、私と友達にとって、一番の興味は家の隣の川で泳ぐことでした。しかし、建物が次々に立つにしたがって、簡単で面白いことは夢のままで終りました。今の子供にとって、自然に親しむのはぜいたくな経験になっています。

　私にとっては田舎が都市にどんどんなっていることを悲しむまでもありません。それは世界的な傾向だと思っています。しかし、どうしても私はとても昔の林口を考えてしまいます。林口の故郷は少年時代に面白いことを溢れさせて私の心に嬉しい思い出を与えたことがあるからです。

作文テーマ

『外国人に自国の習慣を紹介する』

「台湾のタクシー」

日文科四年　ＺＬＲ（女）

　台湾のタクシーはよく名の通っている台湾の特色の一つでしょう。いつも外国人を驚かせます。

　台湾のタクシーは世界で一番便利なタクシーかもしれません。いつも、アドレスを見せればすぐその前まで運んでくれます。この点は日本のタクシーとは違います。有名な場所を除いて、日本のタクシーに乗ったら乗客は必ず運転手さんに街の行き方を教えなければなりません。しかし、台湾の運転手さんはみんな運転技術がすばらしいといっても過言ではありません。赤信号さえ直進するとか、スピードが早すぎるとか、どうやっても安全に目的地に到着できます。また、タクシーの運転手さんはみんな政治に対してとても夢中になっているし、しゃべることも好きです。もし、チャンスがあったらタクシーの運転手さんと話すときっとたくさんの収穫が得られます。

　これは多分台湾の運転手さんのレベルと関係あるでしょう。台湾の人々の考え方の中で、タクシーを運転するのがライフの転換点というのです。一部の人はタクシーの運転をなりわいとするのですが、多くの人はタクシーの運転でいろいろな事を考えています。だから、台湾のタクシーの運転手さんの中には大学の教授から屋台の旦那さんまでさまざまな人間がいます。

自分の言葉で
個性豊かに

　台湾のタクシーの事情を知らない人が急に台湾のタクシーを体験して、きっと嫌いになってしまったでしょう。でも、台湾には台湾のタクシーのやり方があり生き方があります。みんなは自分の目的地に到着できれば、大丈夫でしょう。

作文テーマ

『今_{いま}までで一番_{いちばん}〜たこと』

「今_{いま}までで一番_{いちばん}恥_はずかしかったこと」

広告科三年　ＣＰＸ（女）

　十三年前_{ねんまえ}に、私は今_{いま}までで一番恥_{いちばんは}ずかしかったことを起_おこしました。今、このことを思_{おも}い出_だすたびに、どうしてそんなにばかだ、といつも自分_{じぶん}に聞_ききます。このことはとても変_{へん}で危_{あぶ}ないですから、普通_{ふつう}の人_{ひと}は多分_{たぶん}できないでしょう。

　その時私は小学校二年生_{しょうがっこうにねんせい}でした。ある日_ひ、とても暑_{あつ}かったですから、冷_{つめ}たい飲_のみ物_{もの}を飲_のみたくなりました。でも、冷蔵庫_{れいぞうこ}の中_{なか}にジュースもサイダーも何_{なに}もなくて、沸_わかしたばかりの湯_ゆしかありませんでした。そんなに暑_{あつ}かったですから、私は絶対_{ぜったい}に熱_{あつ}いものを飲_のみませんでした。しかし、喉_{のど}が本当_{ほんとう}にかわいて、どうするの、今_{いま}もう夜十一時_{よるじゅういちじ}だから、外_{そと}へ飲_のみ物_{もの}を買_かいに行_いってはいけない。でも、家_{いえ}に何_{なに}もないから、多分私_{たぶん}はかわいたまま死_しぬかもしれない、と思_{おも}いました。考_{かんが}えているうちに、とても不安_{ふあん}になりました。

　突然_{とつぜん}、冷蔵庫_{れいぞうこ}の外側_{そとがわ}にある霜_{しも}を見_みました。ほんとうにうれしかったです。何_{なに}も考_{かんが}えないで、頭_{あたま}を冷凍庫_{れいとうこ}に入_いれて、霜_{しも}を食_たべました。でも、この時変_{へん}なことを起_おこしました。私の舌_{した}が霜_{しも}に粘着_{ねんちゃく}してしまいました。頭_{あたま}が冷凍庫から出_でられないで、助_{たす}けて、と呼_よべませんでしたから、家族_{かぞく}だけを待_まっていました。しかし、誰_{だれ}も来_きてくれないで、頭_{あたま}がだんだん寒_{さむ}くなりました。このまま続_{つづ}けたら、必_{かなら}ず風邪_{かぜ}を引_ひく、と思_{おも}いました。

　しかたがありませんから、自分で力を使って、やっと冷凍庫から出られました。もちろん、舌にひどい傷が付きました。とても痛いでしたから、泣いて母を探しに行きました。みんなこのことを聞いた後で、こんなにばかなことはあなただけできるよ、と私に言って、笑っていました。本当に悪い人で、同情の心が全然ありませんでした。でも、これは本当に珍しい経験ですが、多分私だけしかできないかもしれません。

「今までで一番恐かったこと」

日文科二年　ＳＷＱ（男）

　今年の７月の上旬に、成績が出ました。僕のような不真面目な生徒にとって、この日が一番恐い日になるのでした。

　台湾では二分の一の単位を落とすと、退学です。退学になると、兵隊に行かなければなりません。それで、僕は夏休みが始まったときから、ずっと心配でした。朝も昼も夜も夜中も、毎日毎日心配でした。朝ご飯を食べるときも心配で、吐きそうになり、昼ご飯も食べられませんでした。晩ご飯も少ししか食べられませんでした。

　７月になりました。もうすぐ成績が来るころです。僕の心配はさらに大きくなったのでした。成績が来る何日か前の夜、眠れませんでした。そして、ついに成績が来たのでした。恐る恐る成績表を開けて見ました。恐くて手がふるえました。開けるとすぐ成績がわかりました。意外にもすばらしい成績でした。うれしくて涙が出てとまりませんでした、うれしかった。

　その日の夜は、ひさしぶりによく寝られました。その夜一所懸命勉強をしている夢を見ました。これからはあの夜の夢のようにがんばろうと思いました。

「今までで一番悲しかったこと」

日文科二年　ＱＢＬ　（男）

　私が幼い時から小学校を卒業した時まで、昆海というおじさんはいつも私たちを訪ねてきました。彼は父親の仲良で私の家で家族とごちそうを食べたり、酒を飲んだりして私たちもとてもうれしく思いました。

　そのおじさんは結婚していましたが子供は一人もいませんでした。だから、彼は私を自分の息子として別に私をかわいがっていてくれたのではないかと思っています。たとえば、彼はほぼ一週に一回私におもちゃを買って面白い物語を語ってくれたのです。それに、小さかった私には父親が世界で一番親しみにくい人だっただけに、おじさんはいつも一番抱きたい大きな人形になりました。しかし、私が小さかったため、おじさんが私を抱くのをもちろんのことにしていました。

　私の十四才の時に、長いあいだおじさんが私たちを訪ねていなかったとたちまち気づきました。そこで、母親に聞きました。母親は「あなたのおじさんは酒が大好きでガンでなくなっちゃったわ。」と言いました。その時、涙が流れないままに心に大きなショックを受けてしまいました。そんなに親切な人がいつの間にか私の生活から姿を消しちゃったことが理解できなかったのです。その夜、私はふとんにもぐりこんで昔の楽しかったことを思い出しながら、涙を流し続けました。

　もう七年経ちました。おばあさんの八十才の誕生日の宴会でおじさんの奥さんに出会ったことがこのことを思い出させたのです。そして、その時、私はおじさんの子供も見ました。それで、私はその子供の方へゆっくり歩いて彼の頭を撫でて私の家に案内してあげました。何となく、心からの声は私にできるだけその子供を世話するのが一番よいおじさんに対する感謝の仕方だと言いました。

自分の言葉で
個性豊かに

『ラブレター』

作文テーマ

・・・・・・・・・・・・・・・・・・・・・・・・・・・・・・・・・・・・・・

1. 相手との思い出を連綿と綴る思い出陶酔型

QH1（女）

拝啓

　夏日の空に、蝉の鳴く声が聞こえ、だんだん夏めいてきました。あなたは今、何をして過ごしていらっしゃるのでしょうか。
　近頃どうも熟睡できないで、過去のことを懐かしく思い出します。一晩中眠れないでほろりと涙をこぼしたこともあります。私が4年前にあなたを初めて見た時、あなたに一目惚れしてしまいました。それから、毎日あなたの言動に注意を払っていました。私はあなたに現を抜かしていました。恋しさは募るばかりでした。あなたが他の女の子と楽しそうに話したら、胸のつぶれる思いがしました。
　私はあなたのまるで天来の妙音のような歌声に釣られました。あなたのりんごのようなつやつやとしたほっぺたと朝日のような輝かしい笑顔は世界の中で誰もかなわないでしょう。
　ある日、雨が降りましたが、傘を忘れてしまいました。あなたは「どこに行くの。」と尋ねてくれ、相合傘でバス停へ一緒に行きました。夢ではないかとほっぺたをつねってみました。ときめく胸をおさえることはできないで、はずかしいので、うつむきました。あなたはしゃれを言って私を笑わせてくれました。その日、バスの中に座っていた私は嬉し過ぎたので、うっかりして乗りこしてしまいました。あなたと話すのはたとえようのない喜びです。それから、私たちは仲がよくなってきました。時々、

一緒に映画を見に行きました。映画館には人が詰め掛けていました。したが、私は世界の中に私たちだけしかいないと思いました。その時は私の人生の春でした。

この間、あなたからの手紙をもらいました。胸をときめかしながら、手紙を開きました。ところが、その中にあなたは来月アメリカに移民に行くと書いていました。胸が刺すように痛くて、せきを切ったように涙が流れました。あのころの事を考えると、夢のようです。あなたが私から離れて行くと、私は必ず心の支えを失うでしょう。考えに考えた末、心の中を曝け出して言わなければなりません。長い間の努力が水泡に帰しても、あなたは私にとって一番大切な人なのだと伝えます。これから、あなたとの連絡がとだえるかもしれません。でも、私は永遠にあなたのことを忘れないです。どうか、私を忘れないでください。アメリカへ行く日に、私は必ず空港に立ち、あなたを乗せて飛んでいく飛行機を見送ります。

ご家族の皆様のご健康をお祈りしております。

敬具

太郎様 晴子

２．恋する自分を冷静に見つめる知性型

ＣＹＬ（女）

拝啓

月日が経つのは早いものです。また春になりました。あなたは今、何をして過ごしていらっしゃるのでしょうか。春の天気は晴れたり、曇ったりし、変わりやすくてちょうど私の気持と同じようなものです。

私があなたを初めて見たのは約２年前、大学に入った時でした。正直に言ってあなたは全然ハンサムではないです。その時、友達はいつもあなたの顔を笑いました。でも、あなたは自信に

あふれて、大きい度量を持って私たちの笑いに面しました。あなたの様子は私の理想ではありませんでしたが、思いの外、私は知らないうちにだんだんあなたが好きになってきました。いつあなたを思い初めたのでしょうか。どうしてあなたが好きなのでしょうか。今でも解答を得ません。多分人が好きになる時、一種の霊感によるのでしょう。

あなたの声は耳にやさしく、玉を転がすようです。あなたは人当たりが柔らかいし、話がユーモラスです。あなたと話すと、私はうれしくなって、空にゆらゆらと漂うような気持なのです。それは私にとって、新しくて特別な体験です。

私は、人が好きなのはスイートなことだと思いました。今、それは代価がかかることがわかりました。私の気持はあなたの影響を強く受けて、波乱に富んでいます。時には涙曇りになって、時には晴れて笑います。ばかみたいでしょう。それから、私は自信がなくて、考え過ぎて、恋を恐れます。どうしたらいいか全然わかりません。本当に困っているのです。

私はこの手紙を絶対にあなたに出しません。多分、この秘密をいつまでも守るでしょう。幸せなことにあなたを知りました。将来はどう発展しても、これはきっと思い出草です。

時節柄、お体をお大切に。

敬具

1998年5月13日　　　　　　　　　　　　　　　　YL
◎△▲▽様

3. 男は度胸、当たって砕けろの気概が女心を揺する直撃型

CQL（男）

突然の手紙でびっくりさせてごめん。ずっと前から君のことが好きだった。君の笑顔を見るだけで、元気が出てくる。もし君がずっと側にいてくれるなら、ほかのものはなにもいらない。君は僕にとって一番大切なものだ。本当に君の笑顔を守りたい。ずっと僕だけの笑顔だ。よかったら、君の気持を聞かせてくれ

156

ないか。僕は星のようにずっと君の側にい続けていたい。

　本当におどろかせてごめん。でも、これが僕の本当の気持なんだ。よい返事を期待している。

'98，5，13

QL

4．おとなしい顔をしてしたたかに自分を売り込む執念型

ＳＺＨ（女）

拝啓
　入梅で、天気がじめじめしています。今、日本ではどうでしょうか。

　私は一年前、テレビであなたのすごい姿を初めて見ました。その前、あなたはもうとても有名になったのに、私に特別な印象を与えませんでした。でも、あなたを見ると、ぞっこん好きになりました。

　あなたはハンサムでやさしいし、音楽のセンスも高いし、投資のセンスもいいし女性にとって夫として最高です。あなたのロングヘアーは金糸のようにきらきらまたたいています。あなたの憂いのある笑顔を見ると、あなたを守りたくなります。また、あなたは演奏に専心している時、特に魅力的になります。あなたにもっと近くなるために、あなたの作ったレコードをたくさん買ったのです。あなたの声を聞くと、愛の火がめらめら燃えひろがります。

　華原朋美さんはかわいいですが、私は彼女より上品なのです。私は音楽ができないので、残念です。しかし、私に教えてくれれば、私は必ずいい伴侶になりますから、速く朋美さんから離れ、台湾に来、私に会ってください。

　仕事柄、お体をお大切に。

敬具

1998年5月14日　　　　　　　　　　　ＳＺＨ

小室哲哉様

自分の言葉で
個性豊かに

5.「好き好き好き」の連呼で相手を圧倒する絶叫型

ＬＸＹ（女）

拝啓

　このごろだんだん暑くなりました。でも、あなたの世界はまだすずしいでしょう。

　初めてテレビであなたを見たのは２週間前のことです。あの時私はあなたがいるアニメを見て、そして、やめられません。必ず毎晩十時から十時半まで、あなたのアニメを見ます。

　あなたはそのアニメでそんなに特別なので、私はあなたのことがもっと好きになりました。あなたを見たら、私のハートは胸から飛び出すようになります。顔も赤くなります。ああ、あなたはどうしてそんなにすばらしいのですか。

　ああ〜、My Darling、あなたの長い髪はとても柔らかそうだし、うすい茶色の肌もきれいだし、背も高いし、本当にハンサムな人です。あなたのトトロのようなほほえみは春の風のように暖かいです。特別に、いつも赤いめがねの後に隠れているあなたの紫色の目は、魅力と魔力があるようです。私はテレビを見れば、昼も夜も頭にあなただけしかいません。ああ、あなたは私の世界です。

　ポートさん、いつめがねをはずしますか。私はあなたの素顔を見たいです。私はいつまでもあなたが好きなのです。愛してる！愛してる！

　末筆ながら、ほかの女の人とセックスしないでください。絶対しないでくれませんか。

敬具

　　1998年5月11日　　　　　　　　　　　　　玉子

ポート・クラーク様

（以上、すべて日文科二年）

中国人学生の誤りやすい表現
―誤用例と解説―

語彙編

<ruby>語彙編<rt></rt></ruby>1 <ruby>漢語語彙<rt>かんごごい</rt></ruby>と<ruby>品詞<rt>ひんし</rt></ruby>

「文法は間違っていないし、意味も<ruby>通<rt>つう</rt></ruby>じるが、何となく<ruby>不自然<rt>ふしぜん</rt></ruby>な文」、いわゆる「日本語らしくない文」というのがある。その多くは、実は漢語の使用が適当でないところからきている。漢語の<ruby>語彙<rt>かんごごい</rt></ruby>は中国人学生にとってなじみやすいものであるが、中国語と日本語の<ruby>微妙<rt>びみょう</rt></ruby>な意味のずれ、用法の違い、<ruby>或<rt>ある</rt></ruby>いは使うべき場面の違いなどのため、漢語を<ruby>安易<rt>あんい</rt></ruby>に用いると<ruby>外国<rt>がいこく</rt></ruby><ruby>人臭<rt>じんしゅう</rt></ruby>のある文ができてしまう。

漢語の語彙を使用する時は、動詞として用いる（スル名詞）のか、ナ形容詞として用いるのか、名詞として用いるのか、よくわきまえていなくてはならない。

以下、よく用いられる漢語の用法と誤用例を品詞別、アイウエオ順に<ruby>品詞<rt>ひんし</rt></ruby>別、アイウエオ<ruby>順<rt>じゅん</rt></ruby>に列記し、解説する。

1．動詞として用いる漢語（スル名詞）

語彙の誤用の中では、この種の漢語に関する誤用、つまりスル名詞を<ruby>普通<rt>ふつう</rt></ruby>名詞のように使ってしまう誤用が最も多い。動詞の<ruby>活用<rt>かつよう</rt></ruby>にアスペクトが入ってきて使いにくいからだと思われる。

この種の漢語が名詞として用いられるのは、「生活が安定する」→「生活の安定」、「生活が<ruby>向上<rt>こうじょう</rt></ruby>する」→「生活の<u>向上</u>」という形で用いられるのが普通である。

また、「<ruby>重要<rt>じゅうよう</rt></ruby>」と「<ruby>重視<rt>じゅうし</rt></ruby>」、「<ruby>熱心<rt>ねっしん</rt></ruby>」と「<ruby>熱意<rt>ねつい</rt></ruby>」など似たような<ruby>概念<rt>がいねん</rt></ruby>の漢語の品詞の違いや、「安定」と「不安定」など<ruby>反意語<rt>はんいご</rt></ruby>同士の品詞が違うことも注意しなければならない。

① 「安定する」

◆「まず、山本さんと結婚したら、経済と生活が安定です。」

☞ 安定です→安定します

◆「山本さんは安定の仕事を持っていて、年収もたくさんあります。」

☞ 安定の→安定した

反対語の「不安定」はナ形容詞。

② 「合格する」

◆「美容整形は、合格の医者に頼めば大丈夫です。」

☞ 合格の医者→合格した医者

「〜に合格する」という形で用いる。反対語の「不合格」は名詞。

③ 「向上する」

◆「需要は増えているのに供給がそれに追いつかないと、物価が向上になってくる。」

☞ 向上になって→向上して

また、「向上」ということばは普通、「成績の向上」「売り上げの向上」など、上がることが望ましい対象に対して用いる。物価の場合は、「物価の上昇」が適切であろう。

④ 「失明する」

◆「一人の失明の老人を見ました。」

☞ 失明の老人→失明した老人

⑤「重視する」

◆「日本の経済がよく発展したので、精神生活の需要が<u>重視に</u>
<u>なった</u>。」

☞ 重視になった→重視されるようになった

◆「人間は<u>他人の感性への重視</u>を学び始める。」

☞ 他人の感性への重視→他人の感性を重視すること

この場合、「他人の感性への重視」という語形変化は正しい
が、「学ぶ」という動詞と適合しない。「～を重視する」とい
う形で用いる。

⑥「進歩する」

◆「台中がどんなに<u>進歩になって</u>も、私は昔の台中が好きで
す。」

☞ 進歩になっても→進歩しても

⑦「辛抱する」

◆「女性労働者は<u>辛抱がよい</u>し、細心だし、態度もよいし、知
識もあるし、本当に社会の貴重な資源だと思う。」

☞ 辛抱がよい→よく辛抱する、辛抱強い

「～を辛抱する」という形で用いる。

⑧「生活（を）する」

◆「山口さんは田中さんと結婚したら、いい<u>生活を暮らす</u>かも
しれません。」

☞ 生活を暮らす→生活する

◆「しかしそれなりに安定した<u>生活を持っている</u>けど、つまら
ない関係になるかもしれない。」

☞ 生活を持っている→生活ができる

「生活する」と「暮らす」は同義なので、一緒に使うと同語反復になる。

⑨「成功する」

◆「そうしたら台湾の教育は本当に成功になると思う。」

☞ 成功になる→成功する

「〜に成功する」という形で使う。

⑩「専心する」

◆「みんな専心です。」

☞ 専心です→専心しています

「〜に専心する」という形で用いる。

⑪「独立する」

◆「日本の女子学生は台湾の女子学生よりもっと独立ではないだろうか。」

☞ 独立ではないだろうか→独立しているのではないだろうか

「〜から独立する」という形で用いる。

⑫「繁栄する」

◆「今、台北は繁栄になりました。」

☞ 繁栄になりました→繁栄しています

⑬「繁盛する」

◆「昔は重要な港町で、商業は繁盛でした。」

☞ 繁盛でした→繁盛していました

なお、「商業が繁盛する」という表現は厳密に言えば少し変

である。「繁盛する」とは個々の店の商売について言うのであって、商業界全体のことを言うなら、「栄える」「繁栄する」などであろう。

⑭「不足する」

◆「需要は増えているのに供給がそれに追いつかないと、供給は不足になって、 物価が上がるという現象を生み出す。」

☞ 不足になって→不足して

⑮「変心する」

◆「彼は変心だろうと思います。」

☞ 変心だろう→変心したのだろう

2．ナ形容詞として用いる漢語

①「盛んだ」

◆「新竹は今、科学工業が盛んでいます。」

☞ 盛んでいます→盛んです

これは、語末がンで終わるナ形容詞は珍しいため、形態から動詞と勘違いしたのであろう。

②「重要だ」

◆「このように見ると、現代の若者には自分の趣味が金よりもっと重要されていて、社会より自分のためになるような暮らしを探していることがわかる。」

☞ 重要されていて→重要で、重視されていて

「重要」はナ形容詞、「重視」はスル名詞である。

③「熱心だ」

 ◆「台湾人は誰でも外国人を手伝う熱心を持っているらしい。」

 ☞ 熱心を持っている→のに熱心、熱意を持っている

　「熱心」と「熱意」は同じような意味の語だが、「熱心」はナ形容詞で「教育に熱心だ」というように何か具体的なものについて「〜に熱心だ」という形で用いるが、「熱意」は名詞で「〜に熱意がある」という用い方をする。

3．名詞として用いる漢語

　名詞として用いられる漢語の場合は、共起する動詞は何かをよく考えなければいけない。

（1）〜ガアルという用い方をする語

　この形の漢語では、「〜がある」のほかに「〜を持つ」という形があるものとないものがある。財産など具体物の他、「愛情」「関心」など人の内面に属する語、また「〜力」という語は「持つ」で言い換えられるが、他の語は言い換えられないようである。「人気を持っている」などは明らかに誤用である。

　また、この種の語は程度を持っているのが一般的である。それぞれ、どのような程度表現をするかよく調べる必要がある。

①「関心」

 ◆「そのニュースを聞いて、あまり関心しなかったけど、ついレコード会社に絵葉書を送ってしまった。」

 ☞ 関心しなかった→関心がなかった

　まず99パーセントの学生がこの種の誤用を起こすが、これは、中国語では「我很關心你。」などと言うことから、多分母語干渉により「関心」を動詞と勘違いしているのであろう。

程度を示す表現は、「関心が深い」「関心が強い」。

他に「関心を引き起こす」「関心を集める」等の用法がある。

② 「経験」

◆ 「姉はお見合いの経験を持っています。」

☞ 経験を持っています→経験があります

また、「経験する」という動詞の用法もある。

程度を示す表現は、「経験が豊かだ」。

③ 「効果」

◆ 「でも、効果があまりよくないだろう。」

☞ 効果があまりよくない→効果があまりない

◆ 「でも、あまり効果が効きませんでした。」

☞ 効果が効きませんでした→効果がありませんでした

程度を示す表現は、「効果が大きい」。

④ 「差」

◆ 「この点で、日本と台湾を比べると、大きな差を持っているに違いない。」

☞ 差を持っている→差がある

程度を示す表現は、「差が大きい」。

他に「差がつく」「差をつける」「差が開く」「差を縮める」などの表現がある。

⑤ 「～力」

◆ 「経済力の面では、山本さんは田中さんと比べてかなり強いけど……」

☞ 強い→ある

　　母語干渉により、「能力」「経済力」などの程度を中国人学生は「強い」と表現するが、人間の内面に属する多くの能力は程度を示す表現を用いず、「とても能力がある」と程度副詞を用いるのが普通である。敢えて形容詞を使うなら、「能力が高い」「包容力が大きい」などであろう。(但し、「想像力が強い」とは言うようである。)内面以外の力、例えば「腕力」「破壊力」「影響力」「教育力」など、外から観察可能な暴力的な力や人に影響を与える力は「強い」を用いることができる。

(2) その他の用法を取る語

① 「参考」

◆「これから批判を参考して、改善しようと思いました。」

☞ 参考して→参考にして

「〜を参考にする」という形を取る。

② 「態度」

a「そこの店員は『買わないから相手をしない』という態度を表しました。」

☞ 態度を表しました→態度を取りました

b「若い人は、『個人の自由で、何でもしていい』という態度を持ちます。」

☞ 態度を持ちます→態度でいます

　　実は、そもそもの誤用は、日本人は「態度」という言葉をこのように用いないことである。「態度」とは特定の気持を積極的に表したい場合に用いる手段というよりは、「態度が悪い」などある人物の行為全般から受ける全体的な印象である。

　　aにおいて「態度」と「表す」は、中国人学生にとって相性のいい語のようだが、日本語では決して使わない。日本語では、「そこの店員は……という気持が態度に出ていました。」

とか「そこの店員は……と言わんばかりの態度でした。」など
にすべきであろう。

　また、ｂのように「態度を持ちます」とも決して言わない。「若
い人には……という風潮があります。」と言うべきであろう。

　これこそ、冒頭で述べた「日本語らしくない文」の典型で
あろう。

4．多品詞漢語

　ある種の単語は二様の活用をする。ここでは「安心」「心配」とい
う一対の例だけを挙げておく。

①「安心する」（動詞）／「安心だ」（ナ形容詞）

　◆「それから、王さんは安心になりました。」

　　☞　安心になりました→安心しました

②「心配する」（動詞）／「心配だ」（ナ形容詞）

　◆「こんな人と結婚したら、将来の生活を心配しています。」

　　☞　将来の生活を心配しています→将来の生活が心配です

　動詞として用いる時は、「母は安心した。」「私は心配した。」
と、経験主体（「母」「私」）の心理状態を述べている。これに
対し、ナ形容詞として用いる場合は、「ここまで来れば、（事
態は）もう安心だ。」「将来の生活が心配だ。」「何か心配なこと
でもありますか。」などのように、安心・心配の対象（「事態」
「将来の生活」「こと」）に対する評価を述べる評価形容詞とし
て使われる。これは、感情や生理状態を示す一部の形容詞が、
「私は恐い」「地震は恐い」、「私は痛い」「注射は痛い」と、経
験主体（「私」）の心理状態を述べると共に経験対象（「地震」
「注射」）に対する評価をも表すことができるのと同様である。

しかし、動詞として用いる時は「安心」と「心配」はアスペクトを異にする。「彼は安心した」は、「彼」の緊張が解けてほっとする瞬間を示す。しかし、「彼は心配した」は、過去に「彼」が心配でいても立ってもいられなかった状態を示す。「安心した」に対応するアスペクト、つまり平常心から心配のどん底に突き落とされる瞬間は、「心配になった」である。

```
心配になった    心配している    安心した    安心している
  ⇩              ⇩            ⇩          ⇩
━━━━━━━ - - - - - - - - - - - - - ━━━━━━━━━▶
```

「安心」には、「安心になる」という用い方はない。

そして、心配時の状況全般を回顧して述べる時、「あの時は本当に心配した。」と言う。しかし、安心時の状況全般を回顧する時の表現は特にない。(「あの時は本当に安心した。」と言えば、安心した瞬間の時のことを指すことになってしまう。)これは、「安心」というのはいわば日常態のことであるから特に経過を追う必要がないからであろう。これに対し、「心配」は非常態であるから回顧の対象になり得るのである。

中国語と同形異義の語

・・・

　漢語には日本語と中国語と同形のものが多い。しかし、同形すなわち同義というわけではない。同形だということだけで安心して使うと、意味の微妙なずれ、あるいは使うべき場面の不適切さが作用して、「日本語らしくない」文ができてしまいかねないのである。

　日本語と中国語の同形異義語を整理すれば一冊の本にもなるかと思われるが、ここではそのほんの一部、学生が最もよく間違えるいくつかの例をアイウエオ順に挙げ、解説する。

1．中国語と意味がずれる漢語

①「圧力」

　a「受験の時、親や先生からの圧力が重いので、学生は自由に遊ぶことができません。」

　　☞ 親や先生からの圧力が重い→親や先生からプレッシャーをかけられている

　b「これも長い間積もった圧力や不満、また教育問題の現われではないでしょうか。」

　　☞ 圧力→ストレス

　「圧力」とは人を「圧迫する力」であるが、日本語では「政府が教育委員会に圧力をかける」のように政治的な力のことを指し、この場合は「圧力が大きい」「圧力がかかっている」

という形で用いる。日常的な場面では外来語の「プレッシャー」が使われる。この場合は、「圧力が重い」ではなく、「プレッシャーをかけられる」「プレッシャーがかかっている」という形で用いる。

　また、中国語では「プレッシャー」も「ストレス」も「圧力」と言うようであるが、「過度の緊張が続いて心理が抑圧されている状態」がストレスであり、「プレッシャー」とはそれを与える第三者が必ず存在するものである。例えば、学生に対して「いい大学に入れ」と親や教師が締めつけるのは「プレッシャー」であり、勉強ばかりして好きなことができないで不満足な状態は「ストレス」である。それ故、「ストレス」というのは犬でも感じるが、犬は「プレッシャー」を感じることはない。犬を長期に檻に閉じ込めたままにしておけばストレスが溜まってワンワン吠えるが、「お前は名犬なんだから隣の犬に負けるな」とプレッシャーをかけても犬には通じないからである。

　「ストレス」は個人的なもの、「プレッシャー」は社会的なもの、と言うことができよう。中国語の「調剤緊張」が「ストレスを緩和する」「ストレスを解消する」にあたるであろう。「ストレスが重い」ではなく、「ストレスが溜まる」「ストレスが多い」などという形で使われる。

② 「感情」
　a「隣人と感情がとてもよくて、いつも隣人の友達と空地で遊びました。」

　　☞　感情がとてもよくて→仲がとてもよくて

◆「今まだ愛情はないけど、結婚した後、感情が必ずたまります。」

　　☞　感情がたまります→愛情が育ちます

◆「両親や兄弟とお互いに感情を示すことができました。」

☞ 感情を示す→いい関係を結ぶ

b「犬も命を持ち、感情的な動物だと思いますから。」

☞ 感情的な→感情を持った

　aの例を見てわかるように、日本語の「感情」とは、うれしい、悲しい、寂しい、憎いなど、すべての情の動きを示すのに対し、中国語の「感情」とは専ら他人に対するプラスの感情、つまり「好意」とか「愛情」のことを指すようだ。

　日本語で「感情」というのは、「理性」に対置するものと捉えられている。理性が「冷たい―叡智」の二方向に意味拡張されれば、感情は「暖かい―荒唐無稽」の二方向で捉えられるので、「感情」は必ずしもプラスの情とは限らない。

　bのように、日本語で「感情的」と言うのは、「人間が理性を失って興奮している状態」のことである。

③「気質」

◆「なぜなら、あなたは忘れられない気質を持っているからです。」

☞ 気質→気品

◆「ところで、秋子は仕事の上で気質の男の子に出会います。」

☞ 気質の→気品のある

　中国語では「有気質」は「気品がある」という意味だが、日本語の「気質」は性格の類型を示す。例えば、「下町の気質」とか「武士の気質」、或いは心理学で言う「分裂症の気質」「躁鬱症の気質」など。

④「吸引力」

◆「私はあなたに吸引されます。」

◆「私にとって映画は特別な吸引力がありません。」

☞ 吸引されます→引き付けられます

☞ 吸引力→魅力

　日本語で「吸引力」というのは、掃除機などが物を吸い込む力。人間には使わない。人が人を吸引するのは、「魅力」「人を引き付ける力」と言う。

⑤「原因」

◆「それも私の好きな原因です。」

☞ 原因→理由

　中国語では「原因」と「理由」の意味の区別がないようであるが、「原因」は「火事の原因は煙草の不始末だ」など、主に科学的な分析の結果、客観的に認定されたものである。これに対して「理由」とは、「母が病気なので休みます」など、人間が作り出す主観的なものである。（「理由」が極度に主観的で自己中心になると、「言い訳」や「口実」になる。）

　つまり、「原因」は本来誰もが認める普遍的根拠を持っているが、「理由」は人によって違うのである。上の文のように、何故ある物が好きであるかは個人によってまったく違うであろうから、「理由」を用いるべきである。

⑥「研究所」

◆「……研究所の入学試験を準備するために……」

☞ 研究所→大学院

　日本で「研究所」というのは学校ではなく、台湾の「中央研究院」のように、国家や会社がある目的のために設立し、研究員に給料を与えて研究させる機関である。

　なお、日本語で「研究生」と言うのは、台湾では大学院の先修班の学生に相当するものである。中国語の「研究生」は、日本語では「大学院生」と言う。日本の大学の「研究生」になれたからといって、ヌカ喜びしてはいけない。

⑦「厳重」

◆「人口構成の変化に従って厳重な社会問題が起きていく。」

　☞　厳重な→深刻な

　日本語の「厳重」は、「厳重に警戒する」など、「いい加減なことを許さない態度で」という意味で、しかも何かを防衛する場面でよく使われる。（→⑬「深刻」の項）

⑧「現代化」

◆「今台北は現代化が進んで、交通の量も多くなりました。」

　☞　現代化→近代化

　ふつう中国語で「現代化」と言っているのは、日本語で言う「近代化」のことである。科学技術が進み、電気製品も出回り、充分な交通手段も持ち、思想も合理的である、というような時代が「近代」である。「現代」とは「今我々が生きているこの時代」のことである。「近代的」の反対は「前近代的」つまり「封建的」「保守的」である。

　参考のため、日本の時代区分を挙げておくと、

　　　　古代：大和時代から平安時代までの貴族政治の時代
　　　　中世：鎌倉時代・室町時代の武家政治の時代
　　　　近世：江戸幕府の時代
　　　　近代：明治維新から第二次世界大戦まで、開国して資
　　　　　　　本主義が進み世界列強と並んだ時代
　　　　現代：敗戦から現在まで

「近代化」が日本で始まったのは明治時代からである。明治時代にそれまでの鎖国状態から一気に啓蒙されたという歴史が「近代」の名称の由来であろう。

⑨「工具」

◆「台湾にはいろいろな交通工具があります。」

☞ 工具→手段

日本語で「工具」と言えば、誰でもトンカチやドライバーなどの大工道具を思い浮べるであろう。

⑩「声」

◆「女の人がドアを閉めて、バタンという声が出ました。」

☞ 声が出ました→音がしました

中国語では「音」も「声」も「声音」と言うが、動物の声帯を通ったものが「声」で、その他のものが「音」である。(但し、虫の声は声帯を通っていなくても「声」である。)「声」はまた、「人民の声を聞け」など、比喩的にも用いられる。

⑪「出演」(映画関係のことば)

◆「自然な出演で、ジャズを組み合わせています。」

☞ 出演→演出

◆「その映画は私の好きな俳優が主役を出演しますから、……見たのです。」

☞ 主役を出演します→主役を演じる、主役として出演する

日本語では「出演」は単にテレビや映画に登場することであり、「出演」の技術が「演技」である。また、演技や効果を指導することが「演出」である。俳優の演劇行為は「演じる」である。

⑫「出産」「生産」

◆「鴬歌では、有名な出産品は陶器です。」

☞ 出産品→産物

◆「のちに、彼女は六人の子供を生産しました。」

☞ 生産→出産

　日本語と中国語で「生産」と「出産」の意味が反対というのはおもしろい。日本語では、「生産」は物を作ること、「出産」は女性が子供を生むことである。

⑬「深刻」

◆「この映画のラストシーンは、私に深刻な印象を与えました。」

☞ 深刻→鮮明

　中国語の「深刻」は、文字通り「心に深く刻み込まれる」という意味のようだが、日本語では「問題が重大で、困難の程度が大きいこと」の意味で、中国語の「厳重」と同義である。（→⑦「厳重」の項）

⑭「親切」

◆「日本語は……漢字があるから、西洋の外国語の英語やフランス語などと比べれば、もっと親切なのだ。」

☞ 親切→身近、親しみやすい

　日本語の「親切」は、「心が暖かくて他人を助ける態度をいつも有していること」であるから、人間あるいは人間が動かしている機関以外の形容には使えない。例えば、貧しい人にお金をあげる人は「親切な人」だが、貧しい人にも差別なく話しかける人は「親しみやすい人」である。

⑮「新聞」

◆「昨日の七時の新聞で、選挙の行く人の数が少なくなると言いました。」

☞ 新聞→ニュース

　非常に初歩的な間違いだが、中国語の「報紙」が日本語の「新聞」で、中国語の「新聞」の訳語は外来語の「ニュース」を使う。

⑯「選民」

◆「最も大切なのは、選民たちが必ず自分の貴重な一票でこの環境を破壊する立候補者を断ることだ。」

☞ 選民→選挙民

　「選民」というのはもともとユダヤ民族の思想で、「神から選ばれて他民族を指導する民族」の意味である。現代日本では、比喩的に「エリート」の意味で用いられることもある。

⑰「長者」

◆「長者を尊敬するのは、中国のよい習慣です。」

☞ 長者→先輩、年長者

　日本語では「長者」は「富豪」の意味であるので、注意。

⑱「認識する」

◆「中学の合唱団で、私はたくさん友達を認識しました。」

☞ 友達を認識しました→友達と知り合いました

　日本語の「認識する」は「深く理解し判断する」ということで、認識対象は人とは限らない。中国語では物事を知る場合は「知道」、人を知る場合は「認識」であるが、日本語ではどちらも「知る」（人の場合は「知り合う」もある）である。

⑲「培養する」

◆「音楽を聞くことと泳ぐことの趣味は、高校の時期に培養されました。」

☞ 培養されました→培われました

　中国語の「培養」は、まさに「培う」ことであるようだが、日本語の「培養する」は「細菌などの菌類を育てること」である。愛情・友情などは「育てる」「育む」、能力・趣味などは「培う」「伸ばす」などの表現を使う。

⑳「表現」

◆「その時、あなたはまだ人気の出ないタレントで、実力を表現する機会がなかなかありませんでした。」

☞ 表現する→発揮する

◆「入学試験はとても重要だが、緊張しているので、不正な表現があります。」

☞ 表現→行為

◆「日本も先進国だから、他の国の模範として表現しなければなりません。」

☞ 表現しなければなりません→ふるまわなければなりません

◆「人々の間には尊重という表現はなく、悪い人と『力』を持つ人が力のない人をいじめているのです。」

☞ 表現→態度、風潮

◆「卒業してから、軍人になって戦争に参加していい表現なので、有名になりました。」

☞ いい表現なので→活躍したので

◆「友達は、面接の表現が悪くて試験に落ちました。」

☞ 面接の表現が悪くて→面接で失敗して、面接官の印象
が悪くて

　中国語の「表現」は実に日本語教師泣かせの語で、適当な
日本語訳が決まらないが、「能力・思想・感情・意志など内面
のものを行為によって示した結果」であると言える。これに
対して日本語の「表現」は、「思想・感情など人間の内面のも
のを、言語・絵画・音楽・舞踊などの芸術手段を通じて示す
こと」であり、表現対象も表現手段もより限られたものであ
る。

　また、「表現がいい」のように「表現」をそのまま用いるこ
とはなく、「言語表現」（言語による表現）、「自己表現」（自分
の内面を表現すること）など「〜表現」という形や、「喜びが
よく表現されている」などと動詞としての使い方をする。

　つまり、日本語の「表現」という言葉は、完成された作品
を見てそこに作者の思想を探ったり、或いは作者の思想・感
情がどのように作品に表れているかを論ずる際に用いる言葉
であって、中国語のように完成された行為そのものの善し悪
しを論ずるという場面で用いるのではない。

㉑「標準」
◆「兄は長男ですから、父の標準が厳しく、高いです。」

☞ 標準→要求水準

　中国語の「標準」は、日本語では「模範」である。例えば
「你的發音很標準。」と言えば、正しい理想的な発音を指して
いる。しかし日本語の「標準」は「平均のレベル」というこ
とで、「標準的な学生」と言えば、最も普通の学生を指す。

㉒「品質」

◆「車が多いですから、空気の品質が下がっています。」

☞ 品質→質

　日本語の「品質」は、店で売られている商品の質のことである。時々「学生の品質」などという言葉が見られるが、商品以外の物は、具体的なものであれ抽象的なものであれ、「質」という語を用いる。

㉓「訪問する」

◆「日本と台湾の大学生それぞれ60人を訪問して、同棲、性関係、そして子供についての質問の答を統計したものです。」

☞ 60人を訪問して→60人にインタビューして

　日本語の「訪問」は「他人の家を訪れること」である。「先生を訪問したいですから、×月×日の×時に××に来てくださいませんか。」などと言われると、こちらはとまどってしまうのである。

㉔「保養」

◆「学校のエレベーターは、今保養中ですから、6階まで歩きました。」

☞ 保養中→修理中

　日本語の「保養」は「疲れたり弱ったりしている身体を休めること」であり、人間にしか用いられない。

㉕「本を読む」「読書する」

◆「試験の前には、本を読んでおきます。」

☞ 本を読んで→勉強して

◆「読書することは大切なことだとは言っても、試験の圧力が
あるのは大変です。」

☞ 読書する→勉強する

中国語では「読書」イコール「勉強」のことらしいが、日
本語の「勉強する」は「ある目的のために、書物・メディア・
教育機関などを利用して系統的な知識や技術を得る努力全般」
を指す。学校の課業や各種試験の準備などはもちろん、テレ
ビの英語講座などで知識を得ることも「勉強」と言える。ま
た、「社会勉強」などと言って、アルバイトなどの実践を通じ
て社会認識を深めることも「勉強」と捉えられている。(→㉖
「無理」の項)

これに対して「本を読む」とは、目的の有無に関わらず、単
に書物をひもとくことであり、趣味活動としての意味が強い。
娯楽雑誌や漫画を読むことさえも、「読書」と言える。つまり、
同じ「本を読む」という行為でも、「勉強」は明確な獲得目標
があるが、「読書」は目標意識が希薄である。

「本ばかり読んでいてちっとも勉強しない人」もいる。例え
ば、数学の試験の前に「本を読む」ことばかりしていたら、試
験に落ちること請け合いである。日本人が「趣味は読書です」
と言っても、勉強熱心な人とは限らないのである。

㉖「無理」
◆「植物人間も人だが、だからといって家庭全員を犠牲にする
のは無理なのではないだろうか。」

☞ 無理→道理に合わない、筋が通らない

日本語の「無理」は、もともと「無理が通れば道理引っ込
む」の如く、「道理に合わないこと」の意味がある。中国語の
「無理」もこの意味である。「無理を言う」はこの意味での用
法である。

しかし現代語で「無理をする」は、中国語では「勉強」に
あたる。（日本語でも、売買行為において売り手が客のために
無理して値段を下げることを「勉強」と言うことがある。）

また、「無理だ」は「無理をしてもできない」という意味で
ある。

このように、「無理」にはいろいろな用法があるので、注意
すること。

㉗「迷惑」

◆「私の心は今、迷惑しています。」

☞ 迷惑しています→迷っています

　　日本語の「〜に迷惑をかける」は中国語の「找〜的麻煩」に
あたるであろう。「迷惑する」は「迷惑を受ける」こと、「迷
惑だ」は、事態に対する評価形容詞で、「事態が人に被害を与
えるような状況である」ことを指す。選択肢がたくさんあっ
て迷い惑わされている様子は、「迷っている」「戸惑っている」
と言う。

㉘「珍しい」

◆「その時、ビーチのみんなは静かに日光浴をしたり、雑誌を
読んだり、こんな珍しい時間を楽しんでいました。」

☞ 珍しい→貴重な、めったにない

　　中国語の「珍しい」は「貴重な」というプラスの意味であ
るが、日本語の「珍しい物」は「稀少な物、めったに体験で
きないこと」という意味で、必ずしも価値のあることとは限
らない。例えば「彼が授業をさぼるのは珍しい。」などのよう
に使う。

㉙「門」

◆「でもこの時、きれいな女が車を下りて、門を閉めました。」

☞ 門→ドア

　「門」とは建物から離れて建っている「大門」のことで、部屋や車に付いているものは「戸」または外来語で「ドア」と言う。

㉚「問題」

◆「日本と台湾の大学生それぞれ60人にインタビューして、同棲、性関係、そして子供についての問題の答を統計したものです。」

☞ 問題→質問

　簡単に言えば、「問題」は problem 、「質問」は question である。但し、質問は「質疑応答」とも言い換えられるように、必ずその場で回答が得られる場面でのみ使われる。例えば、授業中の質疑やアンケートなどである。これに対して、「問題」は「厄介な困難」という意味であるから、それに直面した当事者が答えられるかどうかわからない。それ故、試験の出題は「試験問題」と言う。授業中、学生が教師に向かい、「先生、今の先生のお話に問題があります。」と言ったら、教師はムッとするであろう。

2. 中国語と使う場面が違う漢語

① 「解消する」

◆ 「でも、だんだんあなたのことを知るようになってから、悪い印象が解消しました。」

☞ 解消しました→消えていきました

　日本語の「解消する」は、他動詞として使う場合は契約などを取り消すこと。自動詞として使う場合はストレスなどの悩みがなくなることである。日常の行為には、漢語はなるべく使わない方が無難であろう。

② 「加入する」「参加する」

◆ 「小学校で三年生から六年生まで、合唱団に加入していました。」

☞ 合唱団に加入していました→合唱団に入っていました

　日本語では、「加入する」は生命保険など契約を伴うものに使われる。「入る」という語は指示範囲が広いので、中国人学生にとって意外に使いにくいものであるようだが、きわめて日本語らしい動詞の一つだと言えるので、使えるようにしておきたい。

　また、例えば「試験を受ける」を学生は「試験に参加する」と、動詞部分を漢語で表現するが、意味は通じるものの、何となく試験の緊張感が伝わってこない表現のように感じられる。クーベルタンの「オリンピックは勝敗は問題ではない、参加することに意義がある」という言葉があるように、日本人にとって「参加する」というのは結果を度外視した行為だからである。「試験を受ける」という方が、試験準備をよくした上での受験というニュアンスが伝わってくる。

③「かわいい」（可愛）

◆「中秋節の月はかわいいです。」

☞ かわいい→きれい

◆「誰でも自分の故郷はかわいいです。」

☞ かわいいです→思い入れがあります

　中国語の「可愛」は「愛すべき」「愛する価値がある」という意味で、それは日本語の「かわいい」の原義でもあるが、日本語の場合は指示対象が限られている。対象が有情物及び有情物に類するもの（人形や装飾品など）の場合はほぼ中国語と同様の意味であるが、対象が非情物の場合は単に「小さい」という意味になる。たとえば、「ずいぶんかわいいケーキね。」など。

④「観念」

◆「さらに、西洋的な観念を全般的に受けました。」

☞ 観念を……受けました→考え方を……取り入れました

　「観念」は「考え方」という意味で、中国語の意味とほぼ等しいと思われるが、日本語で使われる場面はかなり限られている。「時間の観念」「責任観念」など、「何々についての観念」という用い方が多く、上の例のように思想一般を指すことはほとんどない。

⑤「結果」

◆「結果、店の主に怒鳴られ続けました。」

☞ 結果→その結果

　意味は日本語と中国語でまったく同じだが、日本語では「結果」を単独で用いることはなく、必ず「〜の結果」「〜した結果」「その結果」という形で用いる。

⑥「造成する」

◆「至る所で野犬は社会の問題を造成してしまう。」

☞ 造成する→引き起こす

　中国語では「ゴミを出す」の動詞部分も「造成」と言うようだが、日本語で「造成」と言うのは、「宅地造成」など大きな物を造りあげることである。物を生産する場面以外、しかもあまり日常的でないものを造る場面以外には用いられない。

⑦「天気」

◆「天気が暖かくて、雨が大して降りません。」

☞ 天気が暖かくて→暖かくて

　「天気が寒い」は、母語干渉により学生が必ず犯す誤用である。日本語では、天気は「いい」か「悪い」かどちらかでしかなく、雨が降るなどして不快な天候は「天気が悪い」、晴れて爽快な場合は「天気がいい」のである。寒暖を表す場合は主語を必要とせず、「暑い」「寒い」だけでよい。

⑧「討論する」

a 「今このたまごっちについて激しく討論しています。」

☞ 討論しています→議論しています

b 「いつも私たちは音楽の感想を討論しています。」

☞ 討論しています→話し合っています

　日本語で「討論」とは、ディベートのようにテーマを決めて秩序だてて話し合う形態である。「議論」とはやや秩序がなくあちこちから意見が出されるような状態である。「話し合う」というのは感情的な基盤を共有した人たちが穏やかに話すことである。上の二例のうち、aは討論される可能性もあるが、bのような感想を「討論」するというのはおかしい。

⑨「発現する」

◆「しかし、あなたにはもうガールフレンドがいたのを発現した時、全然この事実が信じられませんでした。」

☞ 〜を発現した→〜がわかった

　日本語の「発現する」は「ものの本質が自ら現われ出ること」で、「民族精神の発現」など歴史や社会のスケールで語られる言葉である。中国語では「事実が明らかになった」という場面で用いられるようである。日本語訳では「〜がわかった」がふさわしいであろう。

⑩「発生する」

◆「どんなことが発生しても、あなたにすべてを捧げます。」

☞ 発生しても→起こっても

　日本語で「発生する」と「起こる」は同義だが、「発生する」は、事故・地震など大きな事件や災害の場合に限り用いられる。日常的・個人的レベルの出来事なら、「起こる」のような和語を使った方がいい。

⑪「発展する」

◆「雲林県では就業の機会が少ないので、たくさんの若者は大都市へ出て発展します。」

☞ 発展します→活躍します、チャンスをつかみます

　「発展」は日本語では地域・生業のような事態に関して使い、個人に関しては使わない。よく「発展を求めてアメリカへ渡った」などという文があるが、個人に関しては「成功のチャンスを求めて」などの方が日本語らしい。

中国人学生の誤りやすい表現

⑫「不便」

◆「家族の全員は耳が不便なのだと思います。」

☞ 耳が不便→耳が悪い

　中国語の「不方便」は身体部分にも使われるようだが、日本語では「不便」は物だけで身体部分には使わない。身体部分は「悪い」「不自由だ」を使う。

⑬「毎〜」

◆「毎県に寺院がたくさん建てられています。」

☞ 毎県に→どの県にも、県ごとに

　「〜ごとに」を「毎〜」と表現するのは初級の学生によくある誤用である。日本語で「毎〜」がつくのは「毎日」「毎朝」「毎月」など、時間を表す副詞に限られる。

⑭「評判」

◆「人々は、また親子の後について、彼らの行為を評判しました。」

☞ 評判→非難

この種の類義語を挙げておく。

評論：事物の構成・歴史・由来・善し悪しなどを論理的に
　　　論じること。
評価：１．事物や人のよい所を主に論じること。
　　　２．ある作品に対する成績や点数。
批評：道理を立てて事物・人のよい所と悪い所を説くこと。
批判：道理を立てて事物・人の悪い所を説くこと。
非難：人を罵倒すること。

　「評判」は、「あの人は評判がよい／悪い」という形で使い、大衆の評価の善し悪しを表す言葉である。

中国人学生の誤りやすい表現

⑮「優勝」「第〜名」

◆「スピーチコンテストで私は第二名で優勝して、うれしかったです。」

☞ 第二名→第二位

☞ 優勝→入賞

「優勝」は、スポーツや文化イベントで一等賞を取ること。この場合のように、「賞を獲得すること」は、「入賞」という。

また、順位を表す場合に中国語の「第〜名」は、日本語では「第〜位」「〜番」と言い、人数を表す場合に中国語の「〜位」は日本語では「〜名」「〜人」と言う。日本語と中国語の意味が反対なのはおもしろい。

「〜的（てき）」と「〜化（か）」

　どのような語に「的（てき）」をつけたらいいか、また「化（か）」のついた語はどのような用い方をするか。これも中国人学生にとってはけっこう頭の痛い問題ではないだろうか。ここでは一般的な原則（げんそく）と共に、学生が誤用を起こしやすい例を二、三挙げ、解説する。

1.「的」のつく語とつかない語

　　中国語では「下雨的時候」などのように、名詞修飾をする際に名詞の前につける機能語（きのうご）である。しかし、日本語で「〜的」というのは、「〜の性格を持った」という、かなり指示範囲の広い接尾語（せつびご）である。また、語法的（ごほう）には形容詞以外の品詞を形容詞化する機能も持っている。

　　原則として、「〜的」の語はナ形容詞である。それ故（ゆえ）、例えば「自由」などのように、もともとナ形容詞である語には決して付かない。

　　それではナ形容詞以外の品詞にはすべて付けることができるかと言うと、そうとも限らないのである。以下、「的」の付かない語についての誤用例（ごようれい）を、アイウエオ順に挙げる。

（1）もともとナ形容詞である語に「的」をつけた誤用

①「安全」「正当」

◆「山本さんは正当的な仕事があるし、年収が多いし、安全的な生活ができます。」

☞ 正当的な→正当な

☞ 安全的な→安全な

②「遺憾」

◆「それらの遺憾的な事件も教育に関する問題ではないのでしょうか。」

☞ 遺憾的な→遺憾な

③「自由」

◆「私は、授業の自由的な討論が大好きです。」

☞ 自由的な→自由な

④「正式」

◆「今度は正式的な学生交流活動でした。」

☞ 正式的な→正式な

⑤「平等」

◆「……女性と男性は真に互いに平等的に対する以外……」

☞ 平等的に→平等に

⑥「不当」

◆「日本人に労働時間を短縮する要求を提出するのは、不当的なことだろう。」

☞ 不当的な→不当な

（2）ナ形容詞以外の語に「的」をつけた誤用

 ①「安心」（スル名詞）

  ◆「親は安心的に仕事ができるし、また子供にとっても……」

   ☞ 安心的に→安心して

 ②「恐怖」（名詞）

  ◆「今回私は本当に恐怖的な体験をしました。」

   ☞ 恐怖的な→恐怖の、恐い

 ③「成功」（スル名詞）

  ◆「日本の女子学生にとって、性教育が成功的で……」

   ☞ 成功的で→成功して

  英語の "successful" にあたる形容詞は見当らない。

（3）「的」をつけるべき語につけない誤用

 ①「開放」（スル名詞）

  ◆「日本の女性は開放だろうと思われる。」

  ◆「いま、社会が開放になって、性関係を持つ比率が多くなりました。」

   ☞ 開放→開放的

 ②「感動」（スル名詞）

  ◆「自然な演出でジャズを組み合わせて感動だと思います。」

   ☞ 感動→感動的

 ③「具体」（名詞）

  ◆「当地の立候補者への法律は具体ではなくて、厳しさも足りない。」

   ☞ 具体→具体的

「具体」という語は単独で用いられず、「具体的」「具体化」
「具体性」等、接尾語をつけた形で用いられる。

④「合法」（名詞）

◆「主な焦点は、その時の合法しない同性愛です。」

☞ 合法しない→合法的でない

⑤「刺激」（スル名詞）

◆「アクションの場面がたくさんあったので、とても刺激だと
思いました。」

☞ 刺激→刺激的

⑥「積極」（名詞）

◆「……日本人は遊びに関することに積極ではない。」

☞ 積極→積極的

「積極」「消極」という語は単独で用いられず、「消極的」「積
極化」「積極性」のように接尾語を付けた形で用いられる。

⑦「扇情」（スル名詞）

◆「劇の筋は扇情しませんが、自然な演技で感動的でした。」

☞ 扇情しません→扇情的ではありません

⑧「伝統」（名詞）

◆「でも、伝統の女性とずいぶん違う。」

☞ 伝統の→伝統的な

⑨「保守」（名詞）

◆「日本女性と比べると、台湾女性は保守だ。」

☞ 保守→保守的

中国人学生の誤りやすい表現

２．「化」のつく語とつかない語

　「化」は名詞・スル名詞・ナ形容詞について、「～になる」という変化を表す。用法は、すべて名詞として用いるか、「～化する」という動詞として用いる。よく見られるのは、「～化になる」「～化である」という誤用である。

① 「近代化」

　　◆「昔、台北は汚くて近代化でない町でした。」

　　　☞ 近代化でない→近代化されていない、近代的でない

② 「多様化」

　　◆「番組が多様化になりました。」

　　　☞ 多様化になりました→多様化しました、多様になりました

③ 「自由化」

　　◆「セックスは愛がなくても自由化になる。」

　　　☞ 自由化になる→自由にできる

　「自由化」というのは、「貿易の自由化」など、制度的なものを論じる時に用いられるので、上の例の場合に使うのはおかしい。

　このほか、接尾語としては「～性」があるが、誤用が少ないので今回は割愛した。

MEMO

るいぎご
類義語

　初級の学生は語彙が少なく、さまざまな場面における表現を一つの語で間に合わせようとするが、やはり類義語を多く知っていないと舌足らずの印象を与えるものである。類義語は無数にあり、専門の本も出ているのでここではあまりくわしく述べないが、比較的よく見られる誤用だけを二、三挙げ、解説を加える。

1. 名詞の類義語

①「男」「女」と「男性」「女性」

- 「その後、一人の女と二人の男の三人の客ががやがや話しながらその食卓に座ろうとしました。」

　☞ 女→女の人、女性

　☞ 男→男の人、男性

　特定の人物を指して「男」「女」というのは、露骨で失礼である。（自分を指す場合はかまわない。）「男」「女」は、人格を捨象した性だけを問題にする言葉だからである。

　「男」「女」という語が用いられるのは、「男は度胸、女は愛嬌」など、対象が不特定多数の場合か、或いは、「あの人は男か女かわからない。」と、直接性別が問題にされている場合だけである。

②「親分」「ボス」と「親方」「社長」

◆「それに、個人主義が高まっている現在、生意気な『新米』はボスを困らせるだろう。」

　☞　ボス→社長、上司

◆「壁塗りの親分はまさしが塗った壁を見ると、『うまく塗れた』と誉めた。」

　☞　親分→親方

　もともと「親分」は侠客の長のことである。（もっとも、現在では侠客の世界も近代化されて、「組長」と言う。）また、ボスと言うと銀行ギャングの頭目を想起する。

　職人や相撲部屋の長は「親方」、会社などの近代組織の長は「～長」と言う。

　なお、中国人社会では政府機関や学校組織などの内部に「組」という単位があり、その長を「組長」と言うが、日本人の感覚ではどうしてもヤクザの組長を思い出してしまうのである。

③「学生」と「生徒」

◆「小学校の学生は、制服を着た方が団結感が出るでしょう。」

　☞　学生→生徒

　日本では、狭義では小学校から高校までで学ぶ者、及び専門学校（補習班）で学ぶ者を「生徒」と呼び、大学生だけを初めて「学生」と呼ぶ。（幼稚園は「園児」、大学院生は「院生」。）

　また、広義ではまだ学業修養中の者を、「社会人」に対して「学生」と言う。

　上の例は、中学生・高校生に対する「小学生」なので、「生徒」の方がふさわしい。

④「趣味」と「興味」

◆「そして犬も新聞の内容に趣味がありましたので……」

☞ 趣味→興味

　英語で言えば、「趣味」は hobby、「興味」は interest である。「趣味」とは恒常的に愛好し、定期的に活動を続けていることであり、「私の趣味は写真です。」という形で使う。また、「写真は趣味です。」と言う場合は、「仕事（生計をたてる手段）」と区別されたもの、という意味で使われる。

　「興味」とは「〜に興味がある」という形で使い、何となく心が引かれる状態を指し、心を満足させるために定期的な行動を起こす段階ではない。

　例えば「私は日本語に興味があります。」と言ったら日本語の本を横目で眺めている状態だが、「私の趣味は日本語です。」と言えば学校に通うなどして本格的に勉強を始めている状態である。

⑤「人たち」と「人々」

◆「途中で人たちは親子を指さしたり笑ったりしました。」

☞ 人たち→人々

　どちらも不特定多数の人を指すが、「人たち」は、「若い人たち」「あの人たち」「近所の人たち」など、前に形容語がついて「〜人たち」という形でしか用いられない。

　また、「彼女」の複数は「彼女たち」であるが、「彼」の複数は「彼たち」ではなく「彼ら」であるので、注意。

⑥「みんな」と「皆さん」

◆「お父さんが落し穴に落ちて、皆さんは笑いました。」

☞ 皆さん→みんな

中国人学生の誤りやすい表現

「みんな」は親称、「皆さん」は尊称である。それ故、中に自分が含まれている場合は、「皆さん」は使えない。(含まれていない場合は、「みんな」でも「皆さん」でもよい。)

また、この語に限らずよくある誤用であるが、物語の登場人物は作者が直接敬意を払うべき相手ではないので、敬語を用いる必要はない。

⑦「目上」と「上」

◆「兄弟は四人います。私は一番目上です。」

☞ 目上→上

「目上」とは「地位や身分などが自分より上の人」という意味であり、話者によって変わる相対的な概念である。例えば、会社の中で「社長」は「上」の人であるが、その社長にとって彼の父親や恩師は「目上」の人である。それ故、「一番目上」などのような絶対的地位を示す時には使えない。

⑧「服」と「服装」

◆「私はいい服装を着て、家族と一緒に出かけました。」

☞ 服装を着て→服を着て、服装をして

「服」というのは個々のセーターやスカートなどの衣料のことであり、「服装」というのは「服を着た結果の様子や人に与える印象」のことである。例えば、日本では面接の時にジーパンをはいていくのは最も失礼なことであるが、10万円のジーパンをはいて面接に行った場合、「いい服」を着ているが「悪い服装」である、ということになる。

なお、「洋装」というのは中国語では女性のワンピースのことを指しているが、日本語では男女を問わず「和服ではない洋服を着た様子」の意味である。

⑨「若い者」と「若者」

◆「……民国40年度の若い者と壮年を主にするピラミッド型から、将来は高齢化社会の柱状になる、とある。」

☞ 若い者→若者、若い人

　両者の指示範囲は同じだが、「若者」が社会を構成する層として捉えられているのに対し、「若い者」は年配の者が青年層の者を指して言う、目下に対する言葉である。

2．形容詞の類義語

①「うれしい」と「楽しい」

◆「意外にも、すばらしい成績でした。楽しくて、涙が止まりませんでした。」

☞ 楽しくて→うれしくて

◆「気分が悪くなったら、必ず音楽を聞きます。うれしい気持にすぐなります」

☞ うれしい→楽しい

　最も誤用の頻度の高い形容詞である。

　「楽しい」は「心がリラックスし、満たされて愉快な状態」であるが、「うれしい」は「何か特別の喜ばしいことがあって心が興奮している状態」である。

　「うれしい」と言うのは、例えば「友達からプレゼントをもらった」「ボーイフレンドから電話があった」など本人の意志では実現し得ない偶発的なことや、「試験に合格した」「小遣いを貯めてやっと欲しい物が買えた」など本人の努力で完成・成功・実現した時など、どこか非日常的な事態にある場合である。

　これに対して「楽しい」は、愉快な状態がある時間持続していることである。それは「日本に旅行に行った」など非日常的な事態の場合もあるが、「家族と夕食を共にしている時」

とか、「一人で音楽を聞いている時」とか、日常茶飯事からも
起こり得る事態である。それ故、「何をしている時が一番<u>楽し
い</u>ですか。」と言うことはできるが、「何をしている時が一番
<u>うれしい</u>ですか。」とは言うのはおかしい。

　父親に初めて犬を買ってもらった時は「うれしい」のであ
るが、毎日犬と遊ぶのは「楽しい」のである。つまり、「楽し
い」ことは他人と共有可能だが、「うれしい」ことは他人と共
有しにくいことである。また、「楽しいこと」は自分で作りだ
すことが可能だが、「うれしいこと」はそれが不可能である。

② 「〜がたい」と「〜にくい」

　◆「どこでも雪が積もって、道も雪のせいで<u>歩きがたく</u>なりま
　　した。」

　　☞　歩きがたく→歩きにくく

　◆「この映画は、解釈し難いです。」

　　☞　解釈し難い→解釈しにくい、解釈がむずかしい

　中国語で簡単に説明すれば、「〜がたい」は「不敢〜」で、
「〜にくい」は「不容易〜」である。

　「〜がたい」は「忘れがたい」「捨てがたい」など行為の決
断のつかない状態で、「〜にくい」は「この靴ははきにくい」
「この音は発音しにくい」など物が不便で実行が難しい様子で
ある。

　なお、「靴を<u>はく</u>」は人の動作であるが、「この靴は<u>はきに
くい</u>」のように「〜にくい」がつくと物に対する評価形容詞
になる。

③ 「簡単」と「単純」

　a「あの時妹はまだ子供で、<u>簡単</u>だからだましました。」

　　☞　簡単→単純

b「しかし、子供を育てるのはそんなに<u>単純</u>ではないのではないか。」

☞ 単純→簡単

「単純」は「組成が複雑でないこと」であるが、「簡単」は「組成が複雑でなくて扱いが容易なこと」である。組成に注目すれば「単純」、扱い方に注目すれば「簡単」になる。

それ故、「単純」は物だけでなく、aのように往々にして人の頭脳や性格にも用いられる。bは方法のことを述べているのだから、「簡単」を用いる。

④「<u>嫌い</u>」と「いや」

◆「私は、卒業して仕事をするのが<u>嫌い</u>ではありません。」

☞ 嫌い→いや

どちらも中国語では「討厭」であるが、例えば「試験が<u>嫌いです</u>。」と言う場合は個人が「試験」を嫌悪する心的状態を示しているのに対し、「試験はいやです。」と言う時は「試験は嫌われるべきもの」という「試験」に対する評価を示している。

それ故、「〜が嫌い」と言う場合は個人の趣味や嗜好を表すが、「〜がいや」と言う場合は誰にでも嫌われるものという含みがある。だから、例えば挨拶など人に相づちを求める場面では、「試験は<u>いや</u>ですね。」とは言えるが「試験は<u>嫌い</u>ですね。」とは言えないのである。

また、「好き」「嫌い」は恒常的な嗜好状態しか表さないが、「いや」はある限られた場合にも使える。例えば、「試験の日は学校に行くのが<u>いやだ</u>。」とは言えるが、「試験の日は学校に行くのが<u>嫌いだ</u>。」とは言えない。「試験の日」という限られた場合での嗜好を言っているからである。(むろん、「彼は学校に行くのが<u>嫌いだ</u>。」のような恒常的嗜好を述べる場合はよい。)

　それ故、上の例のように「卒業して働く」という限られた場合の嗜好は「いや」を用いる。

　同様の誤用に、「こうした保守的な考え方をなくせば、今の女性も結婚が<u>好きになる</u>でしょう。」というのがある。「結婚が好き」な人が何回も結婚するのは問題であるから、「結婚をいやがらなくなる」「結婚をしたくなる」などにすべきである。

⑤「腹が立つ」と「怒る」

◆「おじいさんは、だんだん<u>怒って</u>きました。」

　☞ 怒って→腹が立って

　「怒る」は、第三者が見てわかるように、憤怒が表情や動作に出ている状態。「腹が立つ」は人の内面の憤怒状態で、外からは見えない。この場合は、お爺さんの内面の変化を述べているのだから、「腹が立つ」を用いる。

⑥「楽」と「気楽」

◆「時々、<u>楽</u>で簡単な喜劇を見るのもいいことではないでしょうか。」

　☞ 楽で→気楽で

◆「それから、毎日<u>楽</u>な生活でいてほしいと思います。」

　☞ 楽な→気楽な、楽しい

　「気楽」は「精神的に緊張がないこと」であるが、「楽」は精神的に加えて「物質的・肉体的にも苦痛がないこと」である。それ故、「月給が上がって、生活が<u>楽</u>になった。」「人手が増えて、仕事が<u>楽</u>になった。」「ベルトを緩めたら、体が<u>楽</u>になった。」などの場合は、「気楽」は使えない。

　逆に「停年後の閑職」など、楽しみながら行なうことは「気楽」である。

3. 動詞の類義語

① 「言う」と「話す」と「語る」

◆「老人はこぶしを振り上げ『親不孝だ。お父さんが年上なのに』と語った。」

☞ 語った→言った

「話す」はテーマがあり、結論もあるまとまったことを述べることで、インタビューや演説などの内容である。「語る」はやや文語調。「言う」は単に発話することで、会話の話など単発的な内容を指し、「ああ」とか「はい」などの感動詞でもよい。上の例は、物語中の会話部分なので、「言う」を使う。

② 「思う」と「考える」

◆「本当にどうしたらいいかわからなくて、お爺さんは頭を掻きながら方法を思っていました。」

☞ 思って→考えて

「思う」は心に自然に思い浮かべること、「考える」はあるテーマについて分析し、結論を求める心的作業（→第二冊「文法編」の「5. さまざまな文型をめぐる問題」）。

「思う」は「あの人とつきあわない方がいいと思う。」「私は、彼は日本人だと思う。」のように、「～と思う」という形で自分の意見や判断を述べる時に最も多く使われる。「国を思う」「母のことを思う」など「～を思う」という形を取る時は、「心配する」の意味に近い。また、中国語の「想家」などの「想」の用法は、「家を恋しく思う」などの副詞を入れなければならない。

「考える」は、「～と考える」という形と共に、「対策を考える」「子供の名前を考える」のように「～を考える」という形で、アイデアを求める時に使われる。

③「思い出す」と「思いつく」

◆「困った時、陳さんは方法を思い出しました。」

☞ 思い出しました→思いつきました

「思い出す」は、以前知っていたが忘れていたことを心の中に再現することであり、「思いつく」はある事実や方法などが急に心に浮かぶことである。いわば「思い出す」は旧情報の再現、「思いつく」は新情報の到来である。

「思い出す」の内容は「単語を全部暗記したが、試験の時、一つの単語が思い出せなかった。」などのように、既知の内容である。「思いつく」の内容は「いつも家族のことなど考えたことがなかったのに、ある日急に家に電話することを思いついた。」などのように、今まで経験したことがないことである。

④「知る」と「わかる」

◆「その解答は、いくら考えても知らないです。」

☞ 知らないです→わかりません

「知る」は「ある手段により外から情報を与えられること」、「わかる」は「ある内容を分析したり推論したりして理解すること」である。

「知る」ことは、書物・マスコミなど情報を伝達する媒介なしにはすることができない。例えば、「外国の某夫人が×月×日×時に何をしたか」というようなことは、いくら頭のいい人でも知識媒体なしには「知る」ことができない。

これに対し、「わかる」ことは個人の頭の中の思考作業によって完成されることである。例えば「相対性理論」などというものはマスコミがいくら紹介して「知る」人を増やしても、「わかる」ことができるのはごく限られた優秀な頭脳の人だけである。

⑤「住む」と「暮らす」と「泊まる」

◆「昔は貧しくて、住むだけで精一杯だった。」

☞ 住む→暮らす

「住む」とは家屋を求める居住行為であるが、「暮らす」は衣・食・住すべてを含む経済活動を伴った生活行為である。

それ故、生活手段や生活スタイルを問題にする時は「野菜を売って暮らしている」「毎日本を読んで暮らしている」と「暮らす」を使うが、居住地点とか居住空間を問題にする時は「台北に住んでいる」「この家は二人が住むには広過ぎる」などと、「住む」を使う。

また、「私の実家は、家が大きいから住むにはいいが、田舎だから暮らすのには不便だ。」などと言うことができる。

◆「東京に三泊して、その時、ホテルに住みました。」

☞ 住みました→泊まりました

「住む」場所は自分の正式なアドレスであるが、「泊まる」場所はホテルや友達の家など、短期間の宿泊場所である。であるから、「私の家は部屋が狭いから、二、三日泊まるのはいいけど、住むのは困る」と言うこともできるのである。

⑥「尋ねる」と「探す」

a「わからないことがあったら、いつでも私を探してください。」

☞ 私を探してください→私を尋ねてください、私のところへ来てください

b「最後、モリスはアリスに会って、いい伴侶を尋ねます。」

☞ 尋ねます→探し当てます

中国語の「找」は「探す」という訳語が当てられているようだが、非常に不充分である。日本語の「探す」は「見当らない物や人の有り場所・居場所を求める動作」で、求める対

象の存在場所がわからない故に起こす行為である。ａの例の
ように「私を探してください」では、まるでかくれんぼをし
ているようである。単にある人に会いに行く動作は「尋ねる」
「私の所へ来る」である。

　また、中国語の「找到」は日本語では「見つかる」「見つけ
る」「探し当てる」である。

⑦「勤める」と「働く」と「仕事をする」

　a「今、マレーシアのクアラルンプールに勤めていて、家に住
　んでいません」

　　☞　〜に勤めていて→〜で仕事をしていて、〜で働いていて

　b「父の会社で職員を勤めています。」

　　☞　職員を勤めています→職員をしています

　「〜に勤める」は、「貿易会社に勤める」「役所に勤める」な
ど特定の勤務機関に雇用されていること。「仕事をする」は特
定の勤務機関を指定せず生業を営むこと。「働く」は単に怠け
ないで労働する動作を指す。それ故、サラリーマンや公務員
は「勤める」行為をし、勤務時間に制限のない小説家などの
自由業の人は「仕事をする」行為をし、報酬のない専業主婦
は「働く」行為をするのである。

　また、自由業に対して「勤める」、アルバイトに対して「仕
事」、遊ぶことに対して「働く」という対比で用いられること
もある。

　ａの例では、「クアラルンプール」は勤務先でなく勤務地で
あるから、「〜に勤める」は使えない。ｂの例では、「勤める」
の漢字を「務める」にすればよいが、具体的な職名を書くな
ら「〜をする」でよい。

⑧「とめる」と「やめる」

a「死刑をとめるのは人道的だが……」

☞　とめる→やめる

b「さらに伝統的には命をやめさせる行為は不道徳で、刑法にも違反する。」

☞　やめさせる→とめる

　「やめる」は行為者自身が自分の行為を放棄・停止・廃止することで、「とめる」はある人が他の人の行為や物の動きを物理的に停止させることで、どちらも他動詞である。

　上の例のaで、「死刑をやめる」は「死刑を廃止する」の意味だが、「死刑をとめる」は、死刑執行人の動作を邪魔するなどの物理的手段で死刑を中止させる意味になる。

　bの「やめさせる」は使役形だから、被命令者がいない場合は変である。

⑨「習う」と「学ぶ」

a「人間は他人の感性を重視することを習い始める。」

☞　習い始める→学び始める

b「私たちは先生からいい知識を習って……」

☞　いい知識をならって→有益な知識を得て、有益なことを教わって

　「習う」は「ピアノ、スポーツ、語学なら会話など比較的技術方面のことか、または比較的初級の科目を教師について学習すること」である。これに対して「学ぶ」は「さまざまなことを何らかの方法で自分で学習すること」である。

　つまり、「習う」は教師がいなければ成立し得ない行為であるから、aは「学ぶ」の方がふさわしい。また、「習う」のは技術や事柄であり、習った結果が「知識」となるのであるから、aのように「知識を習う」はおかしい。

⑩ 「儲ける」と「稼ぐ」

◆ 「この子供は、長い間アルバイトをして儲けた小遣いを持っていた。」

☞ 儲けた→稼いだ

「稼ぐ」は「仕事をして金銭を得ること」、「儲ける」は「出資した金より多くのものが回収されること」、つまり「利益を得ること」である。

⑪ 「呼ぶ」と「叫ぶ」

◆ 「彼女はその羊羹が消えたのを見付けて、『ああ！』と呼びました。」

☞ 呼びました→叫びました

中国語ではどちらも「叫」であるが、日本語では「呼ぶ」は「人や動物を自分の傍に来るように言うこと」であり、「叫ぶ」は「大きな声を出すこと」である。「呼ぶ」は「家族を呼ぶ」「犬をシロと呼ぶ」などの用い方をし、他動詞であるが、「叫ぶ」は自動詞である。

4．副詞の類義語

① 「いつも」と「相変わらず」

◆ 「盲人は……礼をした。女の人はつんとして去った。その時、子供がお金を投げ入れた。ところが盲人はいつもその女に礼をした。」

☞ いつも→相変わらず

「いつも」は「通常」であるが、「相変わらず」は「聞き手が知っているある時点からずっと変わらずに」という意味で、動作が行なわれる時点と共に、それと比較対照される参照時点がある。「彼は引っ越したけど、私とは相変わらず（引っ越す前と同様に）仲良くしている。」などのように、動作が行な

われる時間（引っ越した後）と、それと比較される参照時間
（引っ越す前）が必ずある。しかし、「私は相変わらず（以前
と同様に）元気です。」などのように言う場合、聞き手にその
参照時間（以前）がわかるような前提（聞き手が話者の以前
の様子を知っている）がなければならない。すなわち、初対
面の人に対しては「私はいつも元気です。」と言うことはでき
るが、「私は相変わらず元気です。」と言うことはできない。

　上の例では、盲人が女の人に礼をするのは平常のことでは
なく、「女の人がつんとして去る」前と同じように、という意
味であるから、「相変わらず」を使う。

②「必ず」と「きっと」と「ぜひ」

♦ 「わからないところがあったら、他の人にぜひ聞きました。」

　☞　ぜひ→必ず

♦ 「写真を撮ってからの一生は、ぜひ幸せなのでしょうか。」

　☞　ぜひ→必ず

♦ 「でも、この社会に慣れることは必ず苦しいと思いました。」

　☞　必ず→きっと

　まず、「ぜひ」は希望を強調する副詞であるので、「ぜひ日
本に行きたい。」「ぜひ遊びに来てください。」などのように、
文末が自分の要求や相手に対する要望の文型の時にだけに使
用が限られる。

　「必ず」と「きっと」は確信を持った推測である。

　まず、「きっと」の方が主観性が強く、「必ず」の方が客観
性が強い。すでに推測の正しさが検証されていて客観的な根
拠がある場合、例えば機械の操作を人に説明する場合は、「こ
のスイッチを押すと、必ず機械が止まりますよ。」と言うの
は、「機械が止まる」という推測の正しさがすでに検証されて
いて客観的な根拠がある場合である。しかし、「このスイッチ

を押すと、きっと機械が止まりますよ。」と言うのは、過去の検証を欠いた単なる主観的な憶測である。

また、ある先行現象の背後事情や背後の原因を推測する場合は「必ず」は使えない。

「電気がついていますね。きっと先生が来たんでしょう。」とは言えるが、「必ず先生が来たんでしょう」（×）とは言えない。つまり、「必ず」は「〜のだろう」という文末表現と共起し得ないのである。

また、話者自身の行為について述べる場合、「明日きっと行きます。」「明日必ず行きます。」のいずれも正しい。これは自分自身の行為についての主観的な意思表明であるから「きっと」も使えるし、またすでに自分の心の中に根拠があるのだから「必ず」も使えるわけである。

しかし、このような憶測が実現してすでに過去の事実となった場合、このような過去の事実を回想する場面では「きっと」は使えず、「必ず」しか使えない。例えば、「父は約束したことは必ず守った。」とは言えるが、「父は約束したことはきっと守った。」（×）とは言えない。過去の事実は既定のことである故、憶測の入り込む余地がないからである。

教師に「あなたは必ず合格しますよ。」と言われたら合格を保証されたものと思って喜んでもいいが、「あなたはきっと合格しますよ。」と言われたら単なる気休めを言っていると考えて、あまり有頂天にならないことである。

③「すぐ」と「もうすぐ」と「さっそく」
　a「入った時に、商人はもうすぐ笑いを浮かべて、『どんな傘がいいですか』と問いました。」
　　☞ もうすぐ→さっそく、すぐ

b「でも、山口さんの明るい性格のために、さっそくそれに慣れるはずだと信じている。」

　☞　さっそく→すぐ

c「その時、私は本当に感動してもうすぐ涙が出てしまいました。」

　☞　もうすぐ涙が出てしまいました→涙が出そうになりました

　まず、「すぐ」は中国語の「快〜」「快要〜」にほぼ等しい。

　「もうすぐ」は「発話時点からすぐ後に」ということであるから、「もうすぐ春が来ました。」などのように、発話時点よりも前に発生したことを述べることはできない。それ故、aは「もうすぐ」を使えない。

　「さっそく」は「新しい服を買ったので、さっそく着てみた。」というように、「期待していたことを実現するチャンスをつかんだので、喜びいさんで行動に移す様子」であり、述語は必ず意志的動作である。それ故、aは「さっそく」を使うとよいが、bは述語が意志的動作ではないので「さっそく」は使えない。

　cの文で「もうすぐ」を使って言わんとしているところは、「まだ実現していないが、すぐ実現する可能性のある状態」であるから、副詞を用いるのでなく、〜ソウニナルという文型を用いる。

④「だいたい」と「たいてい」と「大部分」と「だいぶ」と「多分」と「約」

◆「多分一時間かかって、陽明山に着きました。」

　☞　多分一時間→約一時間、だいたい一時間、一時間くらい

◆「その丘に、たいてい２、３人しかいませんでした。」

 ☞ たいてい２、３人→２、３人くらい

◆「約十一時半に墾丁に着いた。」

 ☞ 約十一時半→十一時半頃

 「だいたい」は数量あるいは完成度の概念で、中国語の「差不多」にほぼ該当する。「約」も同様だが、時間には使えない。

 「たいてい」は頻度の概念で、「日曜日はたいてい家にいます。」などのように用いる。

 「大部分」は数量の概念で、「職員の大部分は男です。」のように、80 パーセント程度の達成度を指す。

 「だいぶ」は比較の際の差を表す概念で、「前学期よりだいぶ成績が上がった。」というように使い、必ず比較の対象が前提されている。

 「多分」は推測の際の確実性の概念で、「多分、明日は雨だろう。」と、ダロウと共起する。

 なお、学生にとっては「〜くらい」「〜頃」等の接尾語が使いにくいようだが、接尾語を使った方が自然な表現になる。

⑤「だんだん」と「ますます」

◆「お爺さんは、ますます寝ました。」

 ☞ ますます寝ました→だんだん眠くなってきました

 「だんだんＡになる」は「本来Ａの性質を持たないものが少しずつＡに近づいていく」こと。「ますますＡになる」は「もとからＡの性質を持っていたが、ある原因があってＡの性質がさらに強くなっていくこと」である。それ故、平凡な容貌の人には「恋をしてだんだんきれいになってきた。」と言うが、本来美人だった人には「恋をしてますますきれいになってきた。」と言うべきであろう。

⑥「とうとう」と「ついに」

a「だが、ひたすらよその国のものを学習すれば、とうとう本土の文化の本質すら失ってしまうという深淵に陥るにすぎない。」

 ☞ とうとう→ついに（ついには）

b「とうとう物質の面と精神の面と、どちらが大切でしょうか。」

 ☞ とうとう→最終的には、究極的には

「とうとうＡした」と「ついにＡした」は、事態Ａが完成される時間はどちらも変わりはなく、ただ完成された時間をどう捉えるか、という視点の問題である。

「とうとう」はひたすら事態の進行を追い、ゴールに着いた時に発する言葉だが、「ついに」は最初からゴールを前提し視野に入れた上で事態の進行を見ている意識である。それ故、「とうとう」は完成された時点で発せられる語なので、未来のことを表す場合は使えない。

aは「本土の文化すら失ってしまうという深淵に陥る」ことを話者は前提して言っている。「ついには」というのは「最後には」という意味であり、「最初に……次に……最後に……」というように、最初から最後までを視野に収めた発話であり、未来のことを語っている。それ故、「とうとう」は使えず、「ついに」或いは「ついには」がよい。

bは「結論として」という意味で、時間関係が捨象された用法だが、中国語では「とうとう」も「最終的に」もどちらも「終於」なので注意すること。

⑦「よく」と「とても」

a「よくおかしい感じがしました。」

 ◆「天気がよく寒いです。」

◆「私は<u>よく</u>びっくりしました。」

◆「<u>よく</u>人気のある即席（そくせき）めんのコマーシャルで……と宣伝（せんでん）しています。」

◆「父の性格（せいかく）は<u>よく</u>穏（おだ）やかです。」

◆「父は日本語が<u>よく</u>上手です。」

　　☞　以上（いじょう）、<u>よく</u>→<u>とても、たいへん</u>

b「この映画は、<u>よく</u>忘（わす）れないです。」

　　☞　<u>よく忘れない</u>→<u>とても忘れられない</u>

　この種の間違いが多いのは、「よく」の多義性（たぎせい）にある。

　まず、「よく」には「頻繁（ひんぱん）に」という意味がある。「学生時代は<u>よく</u>あの喫茶店（きっさてん）に行った。」「彼とは電話で<u>よく</u>友達と話す。」など、行為の頻度を示す副詞である。

　また、「親に対して、<u>よく</u>そんなことが言える。」という反語（はんご）表現がある。これは「<u>よく〜できる</u>」という形で、「〜するべきでなかった」「〜できるはずがなかった」という意味を表している。

　これら二種の用法は、誤用も比較的少ない。

　最後に、「<u>よく</u>噛（か）んで食べなさい。」「<u>よく</u>降りますね。」など、「動作・作用の徹底（てってい）」を示す用法がある。これが、「とても」との混用（こんよう）を起こす。

　しかし、<u>「よく」が徹底することのできる動作は動的動作だけである。</u>これに対して、「とても」が修飾（しゅうしょく）することができるのは、「<u>とても</u>きれいだ」「<u>とても</u>寒い」「<u>とても</u>力（ちから）がある」等、形容詞類やアル、イル等の静的状態だけである。「とても」が動的動作の述語を持つ文を修飾する場合は「とても熱心（ねっしん）に勉強する」など、動詞を修飾する別の副詞句（「熱心に」）を修飾しなければならないのである。このように、「よく」と「とても」は明確（めいかく）に使い分けることが可能なのである。

中国人学生の誤りやすい表現

　上のａ、ｂの例の述語はすべて静的状態であるから、「とても」にしなければならない。

　なお、蛇足であるが、「とても」という語は本来は「とても〜できない」という否定文にのみ用いられ、「非常に」の意味で用いられるようになったのは現代からだと言われる。ｂの例に「とても」をつけて、語尾を可能動詞の否定形にしたのは、その故である。

5．その他の類義語

①「上手」と「よくできる」

◆「陳さんはふだんあまり勉強しませんが、試験が上手です。」

　☞　上手です→よくできます

　「上手」「下手」というのは、ピアノ、字、料理など技巧を要する方面のことであり、知識・理論方面のことではない。よく「あの人は日本語が上手だ。」というのは会話の方面のことで、決して日本語の科目の成績がいいことではない。歌のことを何でも知っている人でも、音痴であれば「歌が下手」なのである。成績や理論面では「〜がよくできる」「〜に優れている」「〜のことをよく知っている」と言う。

②「好き」と「気に入る」

◆「私は、その先生が大変気に入ります。」

　☞　気に入ります→好きです

　「好き」は嗜好を表し、すべての対象に用いることができるが、「気に入る」は自分の管理可能な対象、例えば自分の部下、学生など目下の者や自分の持ち物に限られる。服を買う時、「こういう服が好きだ。」と言えば一般的な好みを論じているわけだが、特定の服を買おうとする時は「この服が気に入った。」と言う。

　　上の例の場合、「先生」は管理可能な対象ではないから「気に入った」は失礼である。

③「違い」と「違う」

◆「映画で二人は違い所に住んでいて、自分の生活をしていましたが……」

　　☞　違い→違う、違った

　「違い」は形態の上でイ形容詞と似ており、また日本語以外の多くの言語では実際形容詞であるため（英語では「different」、中国語では「不一様」）、このように誤用する学生が多い。「違う」の名詞が「違い」なのであり、「AとBの違い」という形でしか用いられない。

④「似合う」と「合う」と「ふさわしい」

◆「音楽のメロディーは場面に似合って、印象に残ります。」

　　☞　似合って→合って、ふさわしくて

　「似合う」はファッション方面のことで、服装・髪型・持ち物などの服飾品が人に適合して美しく感じさせること。

　「合う」は「人と服飾品」という組合せ以外の物が適合していること。但し、「この仕事は彼女に合っている。」などと、抽象的な事態にも使われる。また、結婚相手を決める時などには「自分に合った人を選ぶ」と言うが、「合う」が名詞化すると「似合いの夫婦」「あなたに似合いの相手」などと、「似合う」を名詞化した語を使う。

　「ふさわしい」は、もともとレベルの高いものに対して同様にレベルの高いものが適合する状況を言う。「彼こそ、大統領の地位にふさわしい人だ。」など。人・物・服飾品、すべての対象に関して使われる。

語彙編 5

ちゅうごくごやく
中国語訳と
たいおう ご
対応しない語

　「辞書の上での翻訳は正しいが、実際に使われると日本人に何か奇異な感じを呼び起こす」という種類の語がある。辞書の上での訳語は正しくても、語の適用範囲が違ったり、言語習慣が違ったり、はては民族性の違いによる感覚の差異が影響していたりするからである。かと言って、どこが間違っているかと問われると即座に分析できないし、他の訳語を求められても困るような種類の誤用なのである。今回は試みにそのような語を思いつくまま三つだけ挙げてみたが、ほかにもまだまだあると思われる。

1.「もう」（已經）

　　a「ケリーさんは、もう今年の2月2日に心臓発作のため死去しました。」

　　b「私は先輩から、○○さんがもう結婚したことを聞きました。」

　　c「私はもう、大学院に合格しました。」（学生からの手紙）

　　d「癌で半年入院していた母は、もう亡くなりました。」（学生からの手紙）

　　☞　以上、もう→φ

　これらの「もう」は、文法上何の問題もない。しかし、cは単に合格の報告なのであるが、これを読むと何かこちらの認識の遅れを非難されているような気がしないであろうか。また、dを読むと何だかこの学生が親が死ぬのを待っていたような不謹慎な印象を受け

中国人学生の誤りやすい表現

ないだろうか。さらに、a、bも単に事実記述文だとしたら、これらの「もう」の使い方は変である。

　日本語の「もう」は、「事態の発生した時点が、事態を認識した時点よりも早かった」ことを示す。例えば、「私が帰った時には、妻はもう寝ていた。」のような例では、事態が発生した時点（妻が寝た時点）が、事態を認識した時点（私が帰った時）よりも早かったことを示している。だから、「私はもう合格しました。」と言われると、「話者が合格した時点」（事態が発生した時点）が、聞き手が事実を認識した時点（この言葉が発話された時点）よりも早かった、ということになり、聞き手の認識が遅れていると非難されているような気持になってしまうのだ。このような「もう」は不要である。ただ「私は大学院に合格しました。」と、「もう」抜きで言ってくれればいいのだ。

　それでは、何故学生はこのような不要な「もう」を使いたがるのか。

　中国語の動詞はテンスを含まないので、中国語のテンスは、副詞や文脈に負うところが大きい。「已経」という副詞は、完了の標識になっている。つまり、完了時制を表したい時は「已経」を用いることができる。それ故、「もう合格しました」「もう亡くなりました」という表現が出てくるわけである。ところが日本語の場合、完了時制は動詞語尾のタによってすでに示されているので、「もう」は不要なのである。日本語で「もう」が発話されるのは、「もうご飯を食べました」など、日常繰り返し行われることの完了を表す場合のみであり、それ以外の場合に用いると、聞き手の認識の遅れを非難している含みを持ってしまうのである。

　このような不要の「もう」は、聞き手に対して罪悪感、不謹慎感などの不要な情意を呼び起こすことになるのである。これは、訳語は正しいが両国語の適用範囲が違う例である。

２．「大丈夫」（不要緊，沒有關係）

- 「田中さんは彼が目が見えないことがわかっていたから、<u>大丈夫だと思いました</u>。」

  ☞ 大丈夫だと思いました→気にしませんでした

時々、ちょっとしたミスをして学生に「ごめんなさいね。」と謝ると、「いいえ、大丈夫です。」という答えが返ってくる。それを聞くと、こちらは気が楽になるどころか、さらに罪悪感が増す。

「大丈夫」は、「危なげがないこと、傷害を受けていないこと」を示す。また、傷害を負っている怪我人や病人に「大丈夫ですか。」と聞いて「大丈夫です。」と答えるのは、「私の苦痛はそれほど大きくありません。」という意味である。

であるから、相手に大きな打撃を与えた場合（相手にぶつかって転ばせてしまった場合など）ならともかく、小さな迷惑をかけた時（５分遅刻した場合など）に謝罪して相手に「大丈夫です。」と言われるのは、「私があなたから受けた傷害はそれほど大きくありません。」と言われているようなもので、こちらとしては「私はこの人に傷害を与えたのだろうか。」と、かえって気になってしまうというものだ。

「すみません。」と言われたら、「いいえ、いいんですよ。」とか「いいえ、気にしないでください。」とかの答を返すべきである。これは、翻訳の問題というよりも、挨拶という言語習慣の違いのせいではないだろうか。

３．「気持が悪い」（心情不好）

- 「友達とけんかすると<u>気持が悪いです</u>。」

  ☞ 気持が悪いです→いやな気持です、不愉快です、悲しいです、気持がふさぎます、落ち込みます……

◆ 「しかしその運転手は『だめだね』と言いました。それで、気持が悪くなりました。」

☞ 気持が悪くなりました→ムッとしました、不愉快になりました……

◆ 「家族が誰も病気になると、私は気持が悪いです。」

☞ 気持が悪いです→心が暗くなります、悲しくなります…

　中国語の「心情不好」ほど訳語の多い言葉はないであろう。また、日本語の「気持」「気分」ほどさまざまな意識状態を包み込んでいる言葉はないであろう。

　まず「気持が悪い」は、「胃がむかついて吐きたい」などの身体的な不調を示す。

　次に、そのような身体的不調を呼び起こすような対象の属性をも示す。例えば「蛇は気持が悪い。」など。（中国語の「悪心」に該当するであろうか。）　さらに、事柄が思うようにいかなくて精神的にすっきりしない心理を表す。「お風呂に入らなくて気持が悪い。」「何回計算をやっても答が合わなくて気持が悪い。」など。但し、精神的な「気持が悪い」は「腹が立つ」や「不愉快だ」のように他人から害を受けた結果起きた感情ではないし、「ムッとする」などのような攻撃的な気分でもない。

　一方、「気持がいい」は「お風呂に入って気持がいい。」など、やはり第一に身体的な爽快さを表す。しかし、おいしい物を食べて満足した時に「気持がいい」とは決して言わない。「気持がいい」は、皮膚感覚が主なようである。

　また、「試験が終わって気持がいい。」など、精神的にすっきりした時にも用いられる。転じて、そのような感じを与える対象の形容にも用いられる。例えば「気持のいい青年」など。

　こうなると、「気持が悪い」は決まった中国訳語がないと言うしかない。何を「心情不好」と表現するか、何を「気持が悪い」と表現するかは、まさに文化の差と言うしかない。

　ただ、上の例のように、他人の言動や状態が誘因となって引き起こされたマイナス心理には「気持が悪い」は使えないようだ。

　学生には、「心情不好」を一つ覚えのように「気持が悪い」と訳さず、そのたびごとに訳語を考えさせる方が無難であろう。「気持」の中国語訳は確かに「心情」であり、「悪い」の中国語訳は確かに「不好」であるが、「気持ちが悪い」の中国語訳は「心情不好」ではない。「腹が立った」という日本語を「肚子站立」と訳す人は誰もいないであろうから。

練 習 解 答

作文を書き始める前に

● ●

◎文体について

1．略

2．下線部分が書き替えた箇所

[丁寧体に統一した文]

　日本人の一人あたりの飲酒量は、台湾人の六倍になると言います。日本と台湾では、お酒についての観念が全然違う<u>ようです</u>。まず、日本と違って、台湾には「飲み屋」が非常に少ないです。日本では、一つの通りに必ず一軒は「飲み屋」があります。日本では、夜の電車の中は酔っ払いでいっぱい<u>です</u>。道路や駅で寝ているサラリーマンも<u>います</u>。しかし、台湾では路上や車中で酔っ払いを見かけることはほとんどありません。宴会などでは、日本ではお酒を拒否することは難しいですが、台湾人は「私はお酒は飲めません」とはっきり<u>言います</u>。台湾では「食の文化」が発展していて、お酒は食事の付属品と考えられているよう<u>です</u>が、日本には食事から独立した「酒の文化」があるからでしょう。

[普通体に統一した文]

　日本人の一人あたりの飲酒量は、台湾人の六倍になると<u>言う</u>。日本と台湾では、お酒についての観念が全然違うようだ。まず、日本と違って、台湾には「飲み屋」が非常に<u>少ない</u>。日本では、一つの通りに必ず一軒は、「飲み屋」が<u>ある</u>。日本では、夜の電車の中は酔っ払いでいっぱいだ。道路や駅で寝ているサラリーマンもいる。しかし、台湾では路上や車中で酔っ払いを見かけることはほとんど<u>ない</u>。宴会などでは、日本ではお酒を拒否することは<u>難しい</u>が、台湾人は「私はお酒は飲めません」とはっきり言う。台湾では「食の文化」が発展していて、お酒は食事の付属品と考えられているようだが、日本には食事から独立した「酒の文化」があるから<u>だろう</u>。

◎書きことばと話しことば

下線部分が書き替えた箇所

　　きのう私は、妹といっしょにデパートへ買物に行きました。トイレへ行った時、妹がぐずぐずしているので、何をやっているのだろうと思ったら、財布をなくしてしまったと言うので、二人であわてて探しました。一階のフロントやバス停などを探したけど見つからないので、しかたなく何も買わないで家に帰りました。家に帰ったら、妹の部屋の机の上に財布がありました。妹は財布をカバンに入れるのを忘れてしまったのです。これでは、いくら探しても出てこないはずです。妹はほんとうにおっちょこちょいです。

◎日本の漢字と台湾の漢字

対	読	党	置	毎	写	帰	団	気	反	歓	予	会	悪
草	焼	将	沢	楽	窓	覚	狭	恋	飲	乗	県	倹	斎
区	晋	両	国	経	兎	黒	桜	残	実	雑	図	伝	撮
単	処	讃	専	発	栄	誉	号	応	学	点	転	体	広
継	帯	聴	湾	欝	拝	隣	冊	証	争	総	豊	恵	従
声	参	当	選	壊	蔵	織	鉄	戯	数	巣	歩	弥	遅
弁	関												

第一部　身近な題材で気楽に書いてみよう

◎テーマ3

2．①停まってくれませんでした

②教えてやりました

③教えています（教師が学校で教えるのは義務であり、特別な好意ではないから、授受動詞は用いない）

④起こしてくれます

⑤手伝ってあげます、手伝ってやります

⑥手伝ってくれます、手伝ってくれます（話し相手も「自分の側の人」とみなし、テクレルを使う）

⑦手伝ってもらいます、手伝ってもらいます

⑧手伝ってあげました

⑨手伝ってくれました

⑩手伝ってもらいました

⑪見ていただきました

⑫見てくださいました

◎テーマ4

3．「私は何回も言いました。」「彼は四杯もご飯を食べました。」

4．①に対して　②にとって　③に対して　④にとって　⑤にとって

◎テーマ5

2．①勉強しなければならない　　②飼ってはいけません

③帰ってもいい　　　　　　　④探さなければならない

⑤飲まなくてはいけない　　　⑥出てはいけない

⑦撮ってはいけない　　　　　⑧残してもいい

⑨食べなくてもいい　　　　　⑩乗らなくてもいいです

3．①見え　②見られ　③聞こえ　④聞ける　⑤見え、聞こえ
⑥聞こえ　⑦見え　⑧聞かれ　⑨見え　⑩聞こえ　⑪見え
⑫聞こえ　⑬見え　⑭聞かれる　⑮見え　⑯見られ

◎テーマ８

1．①仕事、宿題など、量の多いもの　②肌、赤ん坊、汗　③声
④頭　⑤肌　⑥腹　⑦値段　⑧幽霊の話など、恐いもの

第二部　クイズ感覚で書いてみよう

◎テーマ９

2. | -ru → -su |

起こす、返す、通す、移す、治す、渡す、戻す、転がす

| -reru → -su |

汚す、流す、現わす、壊す、崩す、倒す、離す、隠す

| -eru → -(y)asu |

増やす、溶かす、燃やす、負かす、出す、冷やす、荒らす、逃がす

| -iru → -asu |

生かす、満たす、閉ざす、伸ばす

| -iru → -osu |

起こす、落とす、下ろす、過ごす

| -u → -asu |

減らす、沸かす、散らす、乾かす、照らす

| その他→ -su |

消す、なくす

| -eru → -u |

切る、割る、取る、焼く、売る、折る、破る、知る

| -aru → -eru |

かける、止める、閉める、見つける、上げる、下げる、始める、
終える、決める、集める、伝える、変える、助ける、広げる、
溜める、納める、曲げる、儲ける、加える、暖める、丸める、
高める、茹でる、縮める

| -aru → -u |

挟む、刺す

$$\boxed{\text{-u} \rightarrow \text{-eru}}$$

付ける、進める、届ける、育てる、開ける、揃える、並べる、立てる

$$\boxed{\text{-eru} \rightarrow \text{-ru}}$$

見る、煮る

$$\boxed{\text{-areru} \rightarrow \text{-u}}$$

生む、剥ぐ

$$\boxed{\text{その他}}$$

入れる、する

◎テーマ10

3．①「茶わん」について、前項と後項の視点が違う。テ→ノデ、カラ

②「私」について、前項と後項の視点が違う。「先生が〜と言って」
→「先生に〜と言われて」、または、テ→ノデ、カラ

③後項が話者の意志「てもいいです」。テ→ノデ、カラ

④「西瓜」について、前項と後項の視点が違う。テ→ノデ、カラ

⑤「私たち」（文中に出てこない）について、前項と後項の視点が違
う。テ→テクレテ

⑥前項の生理主体が後項の動作主体になっていない。テ→ノデ、カラ

⑦前項の現象と後項の現象に自然連続性がない。テ→ノデ、カラ

⑧「子供」について、前項と後項の視点が違う。テ→ノデ、カラ

◎テーマ11の犯人の見つけ方

陳さんの②と③は、同時に成立しなければおかしい。とすると、陳さ
んの①は嘘である。→李さんの②は嘘。李さんの①と③は真実。→張さ
んの①は嘘で②と③は真実…というように、次々に推論して、犯人を割
り出す。誰が犯人か、答は書きませんから、楽しみながらやってくださ
い。

索 引

[著者略歴]

東京生まれ

　日本・お茶の水女子大学文教育学部哲学科卒業、法政大学大学院人文科学研究科哲学専攻修士課程修了、同博士課程修了、国立国語研究所日本語教育長期研修Aコース修了。1989年交流協会日本語教育専門家として来台、3年間勤務。現在国立政治大学日文系副教授。

[主要著書]

・「テ形の研究－その同時性・継時性・因果性を中心に－」　1997、大新書局；台北
・「たのしい日本語会話教室」2004、大新書局；台北

[主要論文]

・『台湾に於ける中国語話者が誤りやすい日本語の発音』
　　　1993、台湾日本語文学会「台湾日本語文学報4」；台北

・『原因・理由としての「のだ」文』
　　　1993、台湾日本語文学会「台湾日本語文学報5」；台北

・『台湾人学習者における「て」形接続の誤用例分析－「原因・理由」の用法の誤用を焦点として－』　1994、日本語教育学会「日本語教育84号」；東京

・『「て」形接続の誤用例分析－「て」と類似の機能を持つ接続語との異同－』
　　　1994、台湾日本語文学会「台湾日本語文学報6」；台北

・『テ形・連用中止形・「から」「ので」－諸作品に見られる現われ方－』
　　　1995、台湾日本語文学会「台湾日本語文学報8」；台北

・『場所を示す「に」と「で」』
　　　1996、政治大学東方語文学系「東方学報第五輯」；台北

・『「言い換え」のテ形について』
　　　1996、政治大学東方語文学会「台湾日本語文学報9」；台北

・『「言い換え前触れ」のテ形について』
　　　1996、日本語教育学会「日本語教育91号」；東京

・『連体修飾における形容詞のテ形修飾とイ形修飾』
　　　1997、台湾日本語文学会「台湾日本語文学報10」；台北

・『テ形「付帯状態」の用法の境界性について－「同時性」のパターンと用法のファジー性－』　1997、台湾日本語文学会「台湾日本語文学報11」；台北

・『「原因・理由」のテ形の成立根拠－その「自然連続性」から導き出される制約－』
　　　1998、台湾日本語文学会「台湾日本語文学報13」；台北

・『副詞「もう」が呼び起こす情意性－中国語話者の「もう」の使用に於ける母語干渉－』　1999、日本語教育学会「日本語教育101号」；東京

・『日本人の「一人話」の分析－中級から上級への会話指導のために－』
　　2002、台湾日本語文学会「台湾日本語文学報 17」; 台北

・『日本語の授受表現の階層性－その互換性と語用的制約の考察から－』
　　2003、台湾日本語文学会「台湾日本語文学報 18」; 台北

・『日本語の「依頼使役文」の非対格性検証能力－テモラウ構文の統語的制約－』
　　2004、政治大学日本語文学系「政大日本研究　創刊号」; 台北

・『習慣行為を表すスルとシテイル－性質叙述性と外部視点性－』
　　2004、台湾日本語文学会「台湾日本語文学報 19」; 台北

・『指示詞コソアの振舞いの一貫性－縄張り理論の再検討－』
　　2004、台湾日本語教育学会「台湾日本語教育論文集 8」; 台北

・『対定型句におけるコソアドの振舞いと左右行列』
　　2005、政治大学日本語文学系「政大日本研究　第 2 号」; 台北

[会議論文]

・『場所を示す「に」と「で」－「海辺に遊ぶ」という表現はいかにして可能に
　　なるか－』1996、台湾日語教育学会「第二届第四次論文発表会」; 台北

・『「魚の焼ける煙」という誤用はいかにして生じるか－「変化の結果」を示す連
　　体修飾表現－』1998、台湾日語教育学会「日本語文学国際会議」; 台北

・『日本人の一人話－文の長さからの分析－』
　　2004、日本語教育学会研究大会; 東京

・『理由節を作るカラとノデ－統語的制約の相違と用法の相違－』
　　2004、台湾日本語教育学会「日語教育與日本文化研究国際学術検討」; 台北

・『「気持ち」と「気分」の意味素性分析』
　　2005、台湾日本語文学会「台湾日本語文学報 20」; 台北

・『「気持ちがいい」と「気分がいい」の意味素性分析』
　　2006、政治大学日本語文学系「政大日本研究　第三号」; 台北

・『感情形容詞連用形の副詞用法の制約－「義経は気の毒に死んだ」は何故誤り
　か－』
　　2005、台湾日本語教育学会「台湾日本語教育論文集 9」; 台北

たのしい日本語作文教室 I 改訂版（文法総まとめ）

1999 年（民 88）9 月 15 日 第 1 版 第 1 刷 發行
2016 年（民 105）7 月 1 日 第 2 版 第 9 刷 發行

定價 新台幣：280 元整

編 著 者　吉田妙子
插　　圖　張 永 慧
發 行 人　林 駿 煌
發 行 所　大新書局
地　　址　台北市大安區 (106) 瑞安街 256 巷 16 號
電　　話　(02)2707-3232・2707-3838・2755-2468
傳　　真　(02)2701-1633・郵政劃撥：00173901
法律顧問　中新法律事務所　田俊賢律師

香港地區　香港聯合書刊物流有限公司
地　　址　香港新界大埔汀麗路 36 號 中華商務印刷大廈 3 字樓
電　　話　(852)2150-2100
傳　　真　(852)2810-4201

ISBN 978-957-8279-29-2 (B365)